Tschingis Aitmatow

Der weiße Dampfer

Nach einem Märchen

Aus dem Russischen von
Charlotte Kossuth

Unionsverlag
Zürich

Die russische Originalausgabe erschien 1970
unter dem Titel *Belyj parachod (Posle skazki)*

Unionsverlag Taschenbuch 25
© by Tschingis Aitmatow 1970
© by Unionsverlag 1992
Rieterstraße 18, CH-8059 Zürich
Telefon (0041) 01-281 14 00
Alle Rechte vorbehalten
Das Nachwort von Tschingis Aitmatow übersetzte
Friedrich Hitzer aus dem Russischen
Umschlaggestaltung: Heinz Unternährer, Zürich
Umschlagbild: Tahsin, 1924
Belichtung: Johannes Schimann, Ingolstadt
Druck und Bindung: Clausen und Bosse, Leck
ISBN 3-293-20025-7

1 2 3 4 5 - 95 94 93 92

1

Er hatte zwei Märchen. Ein eigenes, von dem niemand wußte. Und ein zweites, das der Großvater erzählte. Am Ende blieb keins übrig. Davon handelt diese Erzählung.

Er war sieben, ging ins achte Jahr.

Zuerst wurde eine Schulmappe gekauft. Eine schwarze Kunstledermappe mit glänzendem Metallschnappschloß und einer aufgesetzten Tasche für Kleinigkeiten. Kurz, eine ungewöhnliche, ganz gewöhnliche Schulmappe. Damit hatte wohl alles begonnen.

Der Großvater hatte sie im Verkaufsauto erstanden. Das Verkaufsauto, das die Viehzüchter in den Bergen mit Waren versorgte, kam manchmal auch zu ihnen in die Försterei, in die San-Tasch-Schlucht.

Von hier, vom Forstrevier an, bis zu den Quellgebieten der Flüsse erstreckte sich über Felsschluchten und Hänge ein unter Naturschutz stehender Bergwald. In der Försterei wohnten nur drei Familien. Trotzdem kam das Verkaufsauto hin und wieder zu ihnen.

Er, der einzige Junge von allen drei Höfen, bemerkte das Auto immer zuerst.

»Es kommt!« schrie er und lief zu Türen und Fenstern. »Das Ladenauto kommt!«

Die Zufahrtsstraße kam vom Issyk-Kul, zwängte sich durch eine Schlucht, immerzu den Fluß entlang, ständig über Steine und Schlaglöcher. Leicht fuhr es sich auf so einer Straße nicht. Hatte sie erst den Wachtberg erreicht, stieg sie vom Grund des Engpasses steil bergan und führte dann auf der anderen Seite lange einen abschüssigen Kahlhang hinab zu den Höfen der Waldarbeiter. Der Wachtberg war ganz nah – im Sommer lief der Junge fast jeden Tag hinauf und blickte durchs Fernglas zum See. Dort auf der Straße war immer alles zu sehen wie auf dem Handteller – ob ein Fußgänger, ein Reiter oder gar ein Auto.

Diesmal – es war gerade heißer Sommer – badete der Junge in seinem Flußbecken und erblickte von dort ein Auto, das Staub aufwirbelnd den Hang hinunterfuhr. Das Becken lag am Rand einer Felsbank im Fluß, auf Geröllboden. Der Großvater hatte es aus Steinen gebaut. Ohne dieses Becken wäre der Junge vielleicht nicht mehr am Leben – wer weiß? Dann hätte der Fluß, wie die Großmutter sagte, längst seine Gebeine ausgewaschen und sie geradewegs in den Issyk-Kul getragen, wo Fische und allerlei Wassergetier sie betrachten würden. Und niemand hätte ihn gesucht und sich seinetwegen die Haare gerauft, denn er hätte ja nicht ins Wasser steigen müssen, und wer würde ihn schon vermissen? Noch war das nicht geschehen. Sollte es aber geschehen, wer weiß, vielleicht würde die Großmutter wirklich nicht losstürzen, um ihn zu retten. Ja, wenn er mit ihr verwandt wäre! Aber sie sagt, er sei ein Fremder. Und ein Fremder ist und bleibt ein Fremder, auch wenn man ihn noch soviel füttert und umsorgt. Ein Fremder... Wenn er aber kein Fremder sein will? Und warum soll gerade er der Fremde sein? Vielleicht ist nicht er, sondern die Großmutter selber eine Fremde?

Doch davon später, auch von Großvaters Flußbecken später...

Damals erblickte er also das Ladenauto, es kam den Berg herab und zog eine Staubwolke hinter sich her. Und er freute sich so, als wüßte er genau, für ihn würde eine Schultasche gekauft. Im Nu sprang er aus dem Wasser, zog sich rasch die Hosen über die schmächtigen Schenkel und rannte, noch ganz naß und blau angelaufen – das Flußwasser war kalt –, den Pfad lang zum Hof, um dort als erster die Ankunft des Ladenautos zu verkünden.

Der Junge lief schnell, sprang über Gestrüpp, machte einen Bogen um Findlinge, wenn sie gar zu groß waren, um darüberzuspringen, und stockte nirgends auch nur für einen Augenblick – weder bei den hohen Gräsern noch bei den Steinen, obwohl er wußte, daß die keineswegs so harmlos waren. Sie konnten einschnappen und ihm sogar ein Bein stellen. »Das Ladenauto ist da. Ich komm dann wieder«, rief er im Vorbeilaufen dem »Liegenden Kamel« zu – so hatte er einen rotbraunen buckligen Granitstein getauft, der bis zur Brust in die Erde eingesunken war. Sonst ging der Junge nie vorbei, ohne seinem »Kamel« auf den Höcker zu klopfen. Er tätschelte es herrisch, so wie der Großvater seinen Wallach mit dem gestutzten Schweif tätschelte – achtlos, im Vorbeigehn. Wart nur, hieß das, ich muß erst was erledigen. Ein anderer Findling hieß »Sattel«, der war halb weiß und halb schwarz, ein scheckiger Feldstein mit einer Mulde, darin saß er wie auf einem Pferd. Dann war da noch der Stein »Wolf« – der sah aus wie ein Wolf, war braun, mit Grau gesprenkelt, hatte einen mächtigen Nacken und einen massigen Kopf. Den pirschte er kriechend an und zielte auf ihn. Doch sein Lieblingsstein war der »Panzer«, ein unzerstörbarer Felsbrocken unmittelbar am Fluß, am unterspülten Ufer. Dieser »Panzer« stand da, als würde er jeden Augenblick losfahren, daß der Fluß aufbrodelt und von weißen Sturzwellen schäumt. So fahren ja die Panzer im Kino: vom Ufer ins Wasser, und los geht's... Der Junge sah selten Filme, daher vergaß er so schnell nicht, was er einmal gesehen hatte. Der Großvater brachte seinen Enkel manchmal ins Kino der Sowchos-Zuchtfarm im Wald hinterm Berg. Deshalb war am Flußufer auch der »Panzer« aufgetaucht – immer bereit, über den Fluß zu stürmen. Es gab auch noch andere Steine – »garstige« und »gute«, ja sogar »pfiffige« und »dumme«.

Unter den Pflanzen gab es auch »liebe«, »tapfere«, »ängstliche«, »böse« und allerlei andere. Die Kratzdistel beispielsweise war sein Hauptfeind. Mit ihr focht der Junge tagtäglich Dutzende Male. Und ein Ende dieses Kampfes war nicht abzusehen, die Distel wuchs und wuchs und vermehrte sich. Die Ackerwinden jedoch, obwohl auch Unkraut, waren sehr kluge und fröhliche Blumen. Schön wie sonst keine hießen sie am Morgen die Sonne willkommen. Die anderen Pflanzen begriffen überhaupt nichts – ob Morgen war oder Abend, ihnen war alles gleich. Die Winden aber schlugen beim ersten warmen Strahl die Augen auf und lachten. Erst ein Auge, dann das zweite, und dann entfalteten sich bei ihnen nacheinander alle Blütentrichter. Weiße, hellblaue, fliederfarbene, verschiedene... Und wenn er ganz still bei ihnen saß, war ihm, als flüsterten sie nach dem Erwachen unhörbar miteinander. Auch die Ameisen wußten das. Morgens liefen sie über die Winden, blinzelten gegen die Sonne und lauschten, worüber die Blumen sprachen. Ob sie sich ihre Träume erzählten?

Am Tag, gewöhnlich gegen Mittag, schlüpfte der Junge gern in ein Gestrüpp von Estragonstengeln. Der Estragon ist hoch, Blüten hat er keine, doch er duftet, wächst haufenweise in ganzen Inseln und duldet keine anderen Pflanzen in seiner Nähe. Der Estragon ist ein treuer Freund. Vor allem wenn einen jemand verletzt hat und man unbemerkt weinen möchte, ist Estragongestrüpp das beste Versteck. Da duftet es wie am Rand eines Kiefernwaldes. Heiß und still ist es im Estragon. Vor allem aber verdeckt er den Himmel nicht. Man muß sich auf den Rücken legen und in den Himmel blicken. Zuerst sieht man durch die Tränen fast nichts. Dann aber kommen Wolken angeschwommen und gestalten oben alles, was einem in den Sinn kommt. Die Wolken wissen, daß einem gar nicht gut zumute ist, daß man am liebsten weggehen oder wegfliegen würde, damit niemand einen findet und alle dann ach und weh schreien, der Junge ist verschwunden, wo werden wir ihn bloß finden? Und damit das nicht geschieht, damit man nicht entschwindet, damit man still liegt und sich über die Wolken freut, werden sie sich in alles verwandeln, was man sich wünscht. Aus ein und denselben Wolken werden die verschiedensten Dinge. Man muß nur herausfinden, was die Wolken darstellen. Im Estragon aber ist es still, und er verdeckt den Himmel nicht. So ist er, der Estragon, der nach heißen Kiefern riecht...

Noch manches andere wußte der Junge von den Pflanzen. Zu dem silbrigen Federgras, das auf der Auenwiese wuchs, verhielt er sich herablassend. Federgräser sind komische Käuze. Windige Gesellen. Ihre weichen, seidigen Rispen können ohne Wind nicht leben. Sie warten nur darauf, wohin der Wind weht – und schon neigen sie sich selbst in diese Richtung. Dabei neigen sie sich mit einemmal, die ganze Wiese, wie auf Kommando. Wenn es aber regnet oder ein Gewitter aufzieht, wissen die Federgräser nicht, wohin. Sie wogen hin und her, fallen um, pressen sich an die Erde. Ja, hätten sie Beine, dann würden sie wahrscheinlich weit weglaufen. Aber sie verstellen sich nur. Kaum ist das Gewitter abgezogen, wiegen sich die leichtsinnigen Federgrashalme wieder im Wind – wo er hinbläst, dort neigen auch sie sich hin.

Allein, ohne Freunde, lebte der Junge, umgeben von unscheinbaren Dingen, und höchstens das Ladenauto ließ ihn alles vergessen und brachte ihn dazu, daß er blitzschnell hinrannte. Natürlich – ein Verkaufsauto ist was anderes als Steine und Pflanzen. Was gibt es da nicht alles!

Als der Junge das Haus erreicht hatte, näherte sich das Verkaufsauto von der Rückseite der Häuser her bereits dem Hof. Die Häuser der Försterei standen dem Fluß zugewandt, der Vorplatz erstreckte sich über einen sanft abfallenden Hang bis unmittelbar ans Ufer; auf der anderen Seite des Flusses stieg der Wald von dem ausgewaschenen Steilhang bergan, so daß es nur einen Weg zur Försterei gab – von der Rückseite der Häuser. Wenn der Junge nicht rechtzeitig dagewesen wäre, hätte niemand gewußt, daß das Verkaufsauto bereits angekommen war.

Von den Männern war gerade keiner da, alle waren schon seit dem frühen Morgen unterwegs. Die Frauen machten Hausarbeit. Doch der Junge lief zu den offenstehenden Türen und schrie aus vollem Hals: »Es ist da! Das Verkaufsauto ist gekommen!«

Die Frauen gerieten aus dem Häuschen. Flink suchten sie das zurückgelegte Geld und stürzten heraus, als liefen sie um die Wette. Die Großmutter lobte ihn sogar: »Hat der gute Augen!«

Der Junge fühlte sich geschmeichelt, als hätte er selbst das Auto hergefahren. Er war glücklich, weil er ihnen diese Neuigkeit überbracht hatte, weil er mit ihnen zusammen zur Hofseite stürmte, sich mit ihnen an der offenen Tür des Ladenautos drängte. Hier aber hatten ihn die Frauen im Handumdrehn vergessen. Sie hatten jetzt anderes im Sinn. Was gab es da nicht alles für Waren – die Augen gingen ihnen über. Sie waren nur drei Frauen: die Großmutter, Tante Bekej – die Schwester seiner Mutter und Frau des bedeutendsten Mannes im Forstrevier, des Forstwarts Oroskul – und die Frau des Hilfsarbeiters Sejdakmat, die junge Güldshamal, mit ihrer Tochter auf dem Arm. Nur drei Frauen. Aber sie drehten sich so aufgeregt hin und her, griffen so nach den Waren und wühlten so darin herum, daß der Verkäufer sie ermahnen mußte, der Reihe nach heranzutreten und nicht alle durcheinanderzuschwatzen.

Doch seine Worte beeindruckten die Frauen nur wenig. Erst nahmen sie ausnahmslos alles in die Hand, dann wählten sie aus, dann gaben sie das Ausgesuchte wieder zurück. Sie legten weg, probierten an, stritten, zweifelten und fragten Dutzende Male nach ein und demselben. Eins gefiel ihnen nicht, ein anderes war zu teuer, bei einem dritten paßte ihnen die Farbe nicht... Der Junge stand abseits. Er langweilte sich. Verschwunden war die Erwartung, etwas Ungewöhnliches würde geschehen, verschwunden die Freude, die er empfunden hatte, als er das Verkaufsauto auf dem Berg erblickte. Ein ganz gewöhnliches Auto war plötzlich daraus geworden, vollgestopft mit einem Haufen Plunder.

Der Verkäufer machte eine finstere Miene; es sah nicht so aus, als würden die Weiber auch nur das geringste kaufen. Warum war er so weit gefahren, über all diese Berge?

So kam es dann auch. Die Frauen traten zurück, ihre Begeisterung hatte sich gelegt, sie waren wohl sogar erschöpft. Aus unerfindlichem Grund begannen sie sich zu rechtfertigen – ob voreinander oder vor dem Verkäufer. Die Großmutter beklagte sich als erste, sie habe kein Geld. Wer aber kein Geld in der Hand habe, könne keine Ware abnehmen. Tante Bekej konnte sich ohne ihren Mann nicht zu einem größeren Einkauf entschließen. Tante Bekej war die unglücklichste Frau auf Erden, denn sie hatte keine Kinder – Oroskul schlug sie deshalb, wenn er betrunken war, und auch der Großvater litt darunter, denn Tante Bekej war seine Tochter. Tante Bekej erstand ein paar Kinkerlitzchen und zwei Flaschen Wodka. Das hätte sie lieber nicht tun sollen – das machte es für sie nur noch schlimmer. Die Großmutter konnte sich eine bissige Bemerkung nicht verkneifen.

»Warum beschwörst du selber Unheil über dein Haupt?« zischte sie so, daß es der Verkäufer nicht hörte.

»Das ist meine Sache«, schnitt Tante Bekej ihr das Wort ab.

»Dumme Gans«, flüsterte die Großmutter noch leiser, aber schon hämisch. Wäre der Verkäufer nicht gewesen, dann hätte sie Tante Bekej tüchtig heruntergeputzt. Ach, wie konnten die beiden schimpfen!

Zum Glück griff die junge Güldshamal ein. Sie erklärte dem Verkäufer, ihr Sejdakmat werde bald in die Stadt fahren und brauche Geld, daher könne sie jetzt nichts springen lassen.

Ein Weilchen drückten sie sich noch beim Verkaufsauto herum und kauften »Groschenartikel«, wie der Verkäufer es nannte, dann gingen sie wieder in die Häuser. Das sollte ein Handel sein? Der Verkäufer spuckte den Weibern hinterher und begann die zerwühlten Waren einzupacken; er wollte sich ans Lenkrad setzen und weiterfahren. Da bemerkte er den Jungen.

»Na, Großohr?« sagte er. Der Junge hatte abstehende Ohren, einen dünnen Hals und einen großen, runden Kopf. »Willst du was kaufen? Dann beeil dich, ich mach gleich zu. Hast du Geld?«

Der Verkäufer fragte nur, weil er nichts Besseres zu tun

hatte, doch der Junge entgegnete respektvoll: »Nein, Onkel, Geld hab ich nicht« und schüttelte den Kopf.

»Und ich glaub, du hast welches.« Der Verkäufer stellte sich argwöhnisch. »Ihr seid doch hier alle reich, tut nur so, als wärt ihr arm. Was hast du denn da in der Tasche, ist das vielleicht kein Geld?«

»Nein, Onkel«, antwortete der Junge ehrlich und ernst und krempelte die zerrissene Tasche um. Die zweite Tasche war fest zugenäht.

»Dann ist dein Geld rausgefallen. Such mal da, wo du rumgelaufen bist. Du findest es schon.«

Sie schwiegen.

»Zu wem gehörst du?« fragte der Verkäufer ihn weiter aus. »Etwa zum alten Momun?«

Der Junge nickte.

»Bist du sein Enkel?«

»Ja.« Wieder nickte der Junge.

»Und wo ist deine Mutter?«

Der Junge sagte nichts. Darüber wollte er nicht reden.

»Sie läßt wohl nichts von sich hören, deine Mutter? Du weißt wohl selber nichts von ihr?«

»Nein.«

»Und der Vater? Weißt du von dem auch nichts?«

Der Junge schwieg.

»Wieso weißt du eigentlich überhaupt nichts, mein Freund?« warf ihm der Verkäufer zum Spaß vor. »Na schön, wenn's eben so ist. Da, nimm.« Er nahm eine Handvoll Bonbons heraus. »Laß es dir schmecken.«

Der Junge genierte sich.

»Nimm nur, nimm. Zier dich nicht. Ich muß jetzt fahren.«

Der Junge steckte die Bonbons ein und schickte sich an, hinterm Auto herzulaufen, er wollte es bis zur Straße geleiten. Er rief Baltek, den entsetzlich trägen, zottigen Hund. Oroskul drohte immer, er werde ihn erschießen, weshalb sollten sie sich einen solchen Hund halten. Doch der Großvater flehte ihn an, damit noch zu warten; sie müßten sich einen Schäferhund anschaffen, sagte er, Baltek aber irgendwohin bringen und dalassen. Baltek kümmerte sich um nichts; war er satt, dann schlief er, war er hungrig, dann schwänzelte er um irgendwen herum, ganz gleich, ob es ein Hiesiger oder ein Fremder war, wenn er nur was hingeworfen bekam. So einer war er, der Baltek. Manchmal aber lief er aus Langeweile den Autos nach. Weit natürlich nicht. Er nahm nur einen Anlauf, machte dann jäh kehrt und trottete wieder nach Hause. Verlaß war auf den Hund nicht. Und doch war es hundertmal besser, mit einem Hund zu laufen als ohne. Mochte er sein, wie er wollte – er war ein Hund.

Verstohlen, damit der Verkäufer es nicht sah, warf der Junge Baltek einen Bonbon hin. »Paß auf«, warnte er ihn. »Wir werden lange laufen.« Baltek winselte und wedelte mit dem Schwanz – er wollte mehr. Doch der Junge traute sich nicht, ihm noch einen Bonbon zuzuwerfen. Der Mann hätte es übelnehmen können, schließlich hatte der ihm nicht für den Hund eine ganze Handvoll gegeben.

Da tauchte der Großvater auf. Der alte Mann war beim Bienenstand, und von dort sah er nicht, was hinter den Häusern geschah. Zufällig kam er rechtzeitig zurück, bevor das Verkaufsauto wegfuhr. Zufällig. Sonst hätte der Enkel keine Schultasche bekommen. Der Junge hatte mal Glück gehabt.

Den alten Momun, den kluge Köpfe den Unermüdlichen Momun nannten, kannten alle in der Umgebung, und auch er kannte alle. Den Beinamen hatte er sich durch seine Freundlichkeit allen gegenüber, die er auch nur ein bißchen kannte, verdient und durch seine Bereitschaft, einem jeden beizustehn, ihm gefällig zu sein. Und doch schätzte niemand seinen Eifer, so wie auch Gold nicht geschätzt würde, sollte es plötzlich kostenlos zu haben sein. Niemand bekundete Momun die Achtung, die man Menschen seines Alters sonst entgegenbringt. Mit ihm machte man nicht viel Umstände. Manchmal beauftragte man ihn bei großen Totenfeiern für einen angesehenen Greis aus dem Stamm der Bugu – Momun gehörte zum Geschlecht der Bugu, war sehr stolz darauf und versäumte nie eine Gedenkfeier für Stammesgenossen –, Vieh zu schlachten, die Ehrengäste zu empfangen und ihnen aus dem Sattel zu helfen, ihnen Tee zu reichen, aber auch Brennholz zu hacken und Wasser zu holen. Was gibt es nicht alles zu tun auf großen Gedenkfeiern, wenn so viele Gäste von überall her kommen! Alle derartigen Aufgaben erledigte Momun flink und geschickt, vor allem aber drückte er sich nie wie andere. Wenn die jungen Frauen aus dem Ail, die die Menschenmassen aufnehmen und verpflegen mußten, zusahen, wie Momun die Arbeit bewältigte, sagten sie: »Was täten wir nur ohne den Unermüdlichen Momun?«

Und so ergab es sich, daß der alte Mann, der mit seinem Enkel von weit her kam, in die Rolle eines dienstbereiten Dshigiten geriet, der den Tee bereitete. Jeder andere an seiner Statt wäre gekränkt gewesen. Momun machte das nichts aus.

Und niemand wunderte sich, daß der alte Unermüdliche Momun die Gäste bediente – dafür war er ja sein Leben lang der Unermüdliche Momun. Er war selber schuld. Und wenn ein Fremder seine Verwunderung äußerte und fragte, warum er, der alte Mann, für die Frauen den Laufburschen mache, als ob in diesem Ail die jungen Kerle ausgestorben seien, erwiderte Momun: »Der Verstorbene war mein Bruder.« (In seinen Augen waren alle Bugu seine Brüder. Aber so gesehen waren sie doch ebenso »Brüder« der anderen Gäste.) »Wer, wenn nicht ich, sollte für seine Leichenfeier arbeiten? Dazu sind wir Bugu ja alle Nachkommen unserer Urahne, der Gehörnten Hirschmutter. Und das Vermächtnis der weisen Hirschmutter lautet, Freundschaft zu bewahren im Leben und in der Erinnerung.«

So einer war er, der Unermüdliche Momun!

Alt und jung duzte ihn, über ihn konnte man sich lustig machen – der alte Mann nahm es hin, auf ihn brauchte man keine Rücksicht zu nehmen, er war sanftmütig. Mit gutem Grund heißt es ja, die Leute verzeihen keinem, der sich keine Achtung verschaffen kann. Momun konnte das nicht.

Er konnte aber vieles andere. Er zimmerte, arbeitete als Sattler, stellte Schober auf – als er noch jünger war, hatte er im Kolchos solche Schober gesetzt, daß es einem leid tat, sie im Winter abzutragen: Der Regen rann vom Schober herunter wie von einer Gans, der Schnee aber legte sich darüber wie ein Satteldach. Im Krieg hatte er als zur Arbeitsarmee Verpflichteter in Magnitogorsk Fabrikmauern hochgezogen und war als Stachanowarbeiter ausgezeichnet worden. Sowie er zurückkam, baute er die Häuser für das Forstrevier und kümmerte sich um den Wald. Obwohl er als Hilfsarbeiter zählte, war er es, der nach dem Wald sah, Oroskul aber, sein Schwiegersohn, war meistens unterwegs zu Besuch. Nur wenn Obrigkeit auftauchte, zeigte Oroskul ihnen höchstpersönlich den Wald und veranstaltete eine Jagd; dann spielte er den Hausherrn. Das Vieh wurde von Momun versorgt, er hielt auch einen Bienenstand. Sein Leben lang hatte Momun von früh bis spät geschuftet, aber sich Achtung zu verschaffen, hatte er nicht gelernt.

Momun sah auch nicht aus wie ein würdiger Alter, ein Aksakal, wirkte weder gesetzt noch hoheitsvoll, noch streng. Ein gutmütiger Kerl war er, und diese seine undankbare menschliche Eigenschaft erkannte man auf den ersten Blick. Zu allen Zeiten versucht man solchen Leuten beizubringen: »Sei nicht gut, sei böse!« Er aber blieb zu seinem Pech unverbesserlich gut. Auf seinem von zahlreichen Runzeln durchzogenen Gesicht lag immer ein Lächeln, und seine Augen fragten ständig: Was brauchst du? Soll ich was für dich tun? Ich mach es sofort, sag mir nur, was du brauchst.

Er hatte eine weiche Entennase, scheinbar ohne Knorpel. Und war auch nicht groß, sondern ein flinkes Alterchen, einem Halbwüchsigen ähnlich.

Sogar mit dem Bart war nicht viel los. Einfach lächerlich sah der aus. Auf dem kahlen Kinn sprossen zwei, drei rötliche Härchen – das war der ganze Bart.

Ganz anders ist es doch, wenn ein stattlicher alter Mann geritten kommt – mit einem Vollbart wie eine Garbe, in einem weiten Pelzmantel mit Lammfellrevers und einer teuren Mütze, obendrein auf einem guten Pferd, und der Sattel ist mit Silber beschlagen. Wenn das kein Weiser, kein Prophet ist! Vor so einem sich zu verneigen ist keine Schande, so einer genießt überall hohes Ansehen. Momun aber war eben schon von Geburt der Unermüdliche Momun. Sein einziger Vorzug bestand darin, daß er sich nicht fürchtete, sich in jemandes Augen eine Blöße zu geben. (Hat er sich vielleicht falsch hingesetzt, was Falsches gesagt, falsch geantwortet, aus falschem Anlaß gelächelt, falsch, falsch, falsch...) In dieser Hinsicht war Momun, ohne es zu ahnen, glücklich wie selten einer. Viele Menschen sterben weniger an Krankheiten als an dem unstillbaren, sie verzehrenden leidenschaftlichen Wunsch, mehr zu scheinen, als sie sind. (Wer möchte nicht für klug, würdig, schön und obendrein angsteinflößend, gerecht und entschieden gehalten werden?)

Momun war anders. Er war ein Sonderling, und man begegnete ihm wie einem Sonderling. Nur eines konnte ihn tief beleidigen: wenn man vergaß, ihn zum Familienrat einzuladen, auf dem eine Totenfeier vorbereitet wurde. Das nahm er sehr übel, dann war er ernstlich gekränkt, aber nicht, weil er übergangen worden war – im Familienrat hatte er ohnehin nichts zu sagen, er war nur zugegen –, sondern weil er daran gehindert wurde, einer uralten Pflicht nachzukommen.

Momun hatte seine eigenen Sorgen und Kümmernisse, unter denen er litt und die ihn nachts weinen ließen. Fremde wußten davon fast nichts. Doch wer ihm nahestand, wußte es.

Als Momun seinen Enkel beim Verkaufsauto sah, war ihm sofort klar, daß den Jungen etwas bedrückte. Da aber der Verkäufer ein Auswärtiger war, wandte er sich zuerst an ihn. Rasch sprang er aus dem Sattel und reichte ihm beide Hände.

»Assalam alejkum, großer Kaufmann!« sagte er halb aus Spaß und halb im Ernst. »Ist deine Karawane glücklich angekommen, geht dein Handel gut?« Übers ganze Gesicht strahlend, schüttelte er dem Verkäufer die Hand. »Wieviel Wasser ist den Fluß hinabgeflossen, seit wir uns das letztemal gesehen haben! Sei herzlich willkommen!«

Der Verkäufer lächelte herablassend über diese Worte und das unscheinbare Aussehen des alten Mannes – er trug noch immer die alten Segeltuchstiefel, die von seiner Frau genähten Leinenhosen, das schäbige Jackett und den von Regen und Sonne braun gewordenen Filzhut –, und er antwortete Momun: »Die Karawane ist unversehrt. Nur – was soll ich davon halten – ein Kaufmann kommt zu euch, ihr aber lauft vor ihm davon, versteckt euch in Wäldern und Tälern. Und den Frauen tragt ihr auf, jede Kopeke festzuhalten wie eine Seele angesichts des Todes. Hier kann ich Waren noch und noch anbieten, keiner läßt was springen.«

»Nimm's nicht krumm, mein Lieber«, entschuldigte sich Momun verlegen. »Hätten wir gewußt, daß du kommst, dann wären wir nicht weggeritten. Und daß wir kein Geld haben – wo nichts ist, hat selbst der Kaiser sein Recht verloren. Ja, wenn wir im Herbst die Kartoffeln verkaufen...«

»Erzähl keine Märchen!« unterbrach ihn der Verkäufer. »Ich kenn euch schon, ihr stinkenden Beis. Ihr sitzt in den Bergen und habt Land und Heu im Überfluß. Die Wälder hier kann man in drei Tagen nicht abreiten. Vieh hältst du doch? Und einen Bienenstand auch? Aber eine Kopeke rausrücken – dazu seid ihr zu knickrig. Kauf doch die Seidendecke hier, und eine Nähmaschine hab ich auch noch...«

»Bei Gott, dazu reicht mein Geld nicht«, rechtfertigte sich Momun.

»Das soll ich glauben? Knausrig bist du, Alter, sitzt auf deinem Geld. Aber was willst du damit?«

»Ehrlich, nein, ich schwör's bei der Gehörnten Hirschmutter!«

»Dann nimm ein Stück Velvet, laß dir neue Hosen nähen.«

»Würd ich zu gern, ich schwör's bei der Gehörnten Hirschmutter!«

»Zwecklos, mit dir zu reden!« Der Verkäufer winkte ab. »Ich bin umsonst gekommen. Wo ist eigentlich Oroskul?«

»Der ist schon frühmorgens weggeritten, wohl nach Aksai. Hat da bei den Hirten zu tun.«

»Beehrt sie mit seinem Besuch«, übersetzte der Verkäufer verständnisvoll. Eine peinliche Pause trat ein.

»Nimm's uns nicht übel, mein Lieber«, setzte Momun wieder an, »im Herbst verkaufen wir, so Gott will, die Kartoffeln...«

»Bis zum Herbst ist es noch weit.«

»Na, dann verübel es uns nicht. Sei doch so lieb, komm ins Haus, und trink mit uns Tee.«

»Nicht dazu bin ich hergekommen«, lehnte der Verkäufer ab. Er wollte schon die Tür seines Lieferwagens schließen, da sagte er mit einem Blick auf den Enkel, der neben dem alten Mann stand, den Hund am Ohr festhielt und darauf wartete, hinter dem Auto herzulaufen: »Kauf mir doch wenigstens eine Tasche ab. Für den Jungen ist es doch wohl an der Zeit, in die Schule zu gehn. Wie alt ist er denn?«

Momun griff den Gedanken sofort auf. Dann würde er dem aufdringlichen fliegenden Händler wenigstens etwas abnehmen, und der Enkel brauchte wirklich eine Tasche, im Herbst kam er in die Schule.

»Richtig«, sagte Momun eilig, »daran hab ich nicht gedacht. Er ist doch schon sieben, wird bald acht. Komm mal her«, rief er den Enkel.

Der Großvater wühlte in seinen Taschen und zog einen Fünfrubelschein hervor.

Den trug er offenbar schon lange mit sich herum, er war ganz zerknittert.

»Da, nimm, du Großohr.« Der Verkäufer blinzelte dem Jungen verschmitzt zu und reichte ihm eine Schulmappe. »Jetzt lern schön. Wenn du nicht lesen und schreiben lernst, mußt du für immer beim Großvater in den Bergen bleiben.«

»Er schafft das schon. Ist ein aufgewecktes Bürschchen«, entgegnete Momun und zählte das Wechselgeld.

Dann warf er einen Blick auf den Enkel, der die neue Tasche unbeholfen an sich preßte, und zog ihn zu sich.

»Ist ja gut. Im Herbst kommst du in die Schule«, sagte er leise. Seine harte, schwere Hand lag weich auf dem Kopf des Jungen.

Der merkte, wie es ihm jäh die Kehle zuschnürte, er spürte deutlich, wie dürr der Großvater war und wie vertraut seine Kleidung roch. Nach trockenem Heu und dem Schweiß eines arbeitenden Mannes. Er war treu, zuverlässig und vertraut, vielleicht der einzige Mensch auf Erden, der den Jungen ins Herz geschlossen hatte, der schlichte, wunderliche alte Mann, den kluge Köpfe den Unermüdlichen Momun getauft hatten...

Na und? Wie immer er war, es war doch schön, einen eigenen Großvater zu haben! Der Junge hatte in diesem Augenblick noch keine Ahnung, wie groß seine Freude sein würde. Bisher hatte er an die Schule nicht gedacht. Bisher hatte er nur Kinder gesehen, die in die Schule gingen – dort, hinter den Bergen, in den Dörfern am Issyk-Kul, wohin er mit dem Großvater zu Totenfeiern für angesehene Greise aus dem Stamm der Bugu geritten war. Von nun an trennte sich der Junge nicht mehr von der Tasche. Frohlockend und prahlend rannte er zu allen Bewohnern der Försterei. Zuerst zeigte er die Tasche der Großmutter – da, sieh, was mir der Großvater gekauft hat! –, dann Tante Bekej; auch sie freute sich über die Tasche und lobte den Jungen.

Tante Bekej hat nur selten gute Laune. Meistens ist sie finster und gereizt und übersieht den Neffen einfach. Sie hat anderes im Kopf. Hat eigene Sorgen. Die Großmutter sagt immer: »Hätte sie Kinder, dann wäre sie ganz anders. Dann wäre auch Oroskul, ihr Mann, ganz anders – nicht so wie jetzt. Dann wäre auch Großvater Momun ein ganz anderer Mensch.« Dabei hat er doch zwei Töchter – Tante Bekej und die Mutter des Jungen, die jüngere Tochter. Schlimm ist es trotzdem, sehr schlimm, wenn einer keine eigenen Kinder hat, und noch schlimmer, wenn die Kinder keine Kinder haben. So sagt die Großmutter. Das soll einer verstehn!

Danach lief der Junge los, um der jungen Güldshamal und

ihrer kleinen Tochter den Einkauf zu zeigen. Von ihnen begab er sich zu Sejdakmat auf den Heuschlag. Wieder lief er an dem rotbraunen »Kamel« vorüber, und wieder hatte er keine Zeit, ihm auf den Höcker zu klopfen; vorbei ging's am »Sattel«, am »Wolf« und am »Panzer«, dann weiter, immer am Ufer den Pfad durchs Sanddorngestrüpp lang und schließlich über einen langen, abgemähten Wiesenstreifen zu Sejdakmat.

Sejdakmat war heute allein. Der Großvater hatte längst seinen und auch Oroskuls Anteil gemäht. Und sie hatten das Heu bereits eingefahren – die Großmutter und Tante Bekej hatten es zusammengeharkt, Momun hatte es aufgeladen, der Junge aber hatte dem Großvater geholfen, hatte das Heu zum Wagen geschleppt. Neben dem Kuhstall hatten sie zwei Schober gesetzt. Der Großvater hatte das so sorgsam gemacht, daß kein Regen eindringen konnte. Glatt waren die Schober, wie gekämmt. Jedes Jahr ist es dasselbe. Oroskul mäht nicht, wälzt alle Arbeit auf den Schwiegervater ab, er ist eben der Natschalnik. »Wenn ich will«, sagt er, »schmeiß ich euch im Handumdrehn raus.« Das sagt er zum Großvater und zu Sejdakmat. Und auch nur, wenn er betrunken ist. Den Großvater kann er nicht rausschmeißen. Wer würde dann die Arbeit machen? Er sollte es nur ohne den Großvater versuchen! Im Wald gibt es viel Arbeit, besonders im Herbst. Der Großvater sagt immer: »Der Wald ist keine Herde Schafe, der läuft nicht auseinander. Aber Aufsicht braucht er genausoviel. Wenn ein Brand ausbricht oder Tauwasser von den Bergen herabschießt, springt der Baum nicht beiseite, räumt er seinen Platz nicht, sondern geht zugrunde, wo er steht. Dafür gibt es ja den Forstwart, daß der Baum nicht umkommt.« Den Sejdakmat wird Oroskul auch nicht rausschmeißen, denn der ist friedlich. Mischt sich nirgends ein und streitet nicht. Er ist zwar friedfertig und kerngesund, aber faul, und er schläft gern. Deshalb hat er sich auch für die Forstarbeit entschieden. Der Großvater sagt, solche Burschen fahren im Sowchos die Kraftwagen und pflügen mit Traktoren. Sejdakmat aber hat auf seinem Gemüsefeld die Kartoffeln von Melde überwuchern lassen. Güldshamal mußte mit dem Kind auf dem Arm allein den Acker bestellen.

Auch mit dem Beginn der Heumahd hat Sejdakmat gebummelt. Vorgestern hat ihn der Großvater tüchtig heruntergeputzt. »Vergangenen Winter hast nicht du mir leid getan«, hat er gesagt, »sondern das Vieh. Deshalb hab ich dir Heu abgegeben. Wenn du wieder mit dem Heu von mir altem Mann rechnest, sag es gleich, dann mähe ich für dich.« Das hatte gesessen. Seit dem frühen Morgen schwang Sejdakmat die Sense.

Als Sejdakmat hinterm Rücken schnelle Schritte vernahm, drehte er sich um und wischte sich mit dem Hemdsärmel das Gesicht.

»Was willst du? Ruft mich jemand?«

»Nein, ich habe eine Tasche. Schau mal, Großvater hat sie gekauft. Ich geh bald in die Schule.«

»Deshalb kommst du her?« Sejdakmat lachte auf. »Großvater Momun ist wohl...«, er tippte mit dem Finger an die Schläfe, »und du genauso! Na, was ist es denn für eine Tasche?« Er ließ das Schloß schnappen, drehte die Tasche in den Händen hin und her, gab sie zurück und wiegte spöttisch den Kopf. »Wart mal!« rief er. »In welche Schule kommst du denn? Wo ist sie, deine Schule?«

»In welche schon? In die Farmschule.«

»Nach Dshelessai willst du gehn?« fragte Sejdakmat verwundert. »Bis dahin sind es doch übern Berg mindestens fünf Kilometer.«

»Großvater sagt, er bringt mich auf dem Pferd hin.«

»Jeden Tag hin und zurück? Der Alte ist wohl nicht recht bei Trost... Er müßte selber in die Schule gehn. Könnte mit dir auf einer Bank sitzen und nach dem Unterricht mit dir zurückreiten!« Sejdakmat wollte sich schieflachen. Die Vorstellung, wie Großvater Momun mit dem Enkel auf einer Bank sitzt, erheiterte ihn.

Der Junge schwieg betroffen.

»Ich hab doch nur Spaß gemacht!« erklärte Sejdakmat.

Er gab dem Jungen einen Nasenstüber und zog ihm Großvaters Mütze mit dem Schirm über die Augen. Momun trug die Dienstmütze der Forstleute nicht, das wäre ihm peinlich gewesen. (Bin ich etwa ein Natschalnik? Ich tausche meine kirgisische Mütze gegen keine andere ein!) Im Sommer hatte Momun einen vorsintflutlichen Filzhut auf, einen weißen Stumpen, eingefaßt mit abgewetztem schwarzen Satin, und im Winter eine ebenfalls vorsintflutliche Schaffellmütze. Die grüne Dienstmütze des Forstarbeiters überließ er dem Enkel.

Dem Jungen war nicht recht, daß Sejdakmat die Neuigkeit so spöttisch aufgenommen hatte. Finster schob er den Mützenschirm auf die Stirn, und als Sejdakmat ihm noch einen Nasenstüber versetzen wollte, drehte er den Kopf weg und knurrte: »Rühr mich nicht an!«

»Oje, was für ein Wüterich!« Sejdakmat griente. »Laß gut sein. Die Tasche ist genau richtig!« Er tätschelte ihm die Schulter. »Jetzt aber schieb ab. Ich muß noch viel mähen.«

Er spuckte in die Hände und griff wieder zur Sense.

Der Junge aber lief auf demselben Weg nach Hause, wieder an den Steinen vorbei. Er hatte noch immer keine Zeit, sich mit ihnen zu befassen. Eine Tasche ist keine Kleinigkeit.

Der Junge redete gern mit sich selbst. Doch diesmal sagte er nicht zu sich, sondern zur Tasche: »Glaub ihm nicht, der Großvater ist gar nicht so. Er ist nur nicht gerissen, deshalb machen sie sich über ihn lustig. Weil er überhaupt nicht gerissen ist. Er bringt uns beide in die Schule. Du weißt noch nicht, wo die Schule ist? Gar nicht so weit weg. Ich zeig dir's. Wir sehen sie uns vom Wachtberg durchs Fernglas an. Und dann zeig ich dir noch meinen weißen Dampfer. Aber erst gehen wir in den Schuppen. Da hab ich mein Fernglas versteckt. Eigentlich müßte ich ja aufs Kalb aufpassen, aber ich laufe immer wieder weg, um mir den weißen Dampfer anzusehn. Das Kalb ist schon groß; wenn es an der Leine zerrt, kann ich es nicht zurückhalten – es hat sich nämlich angewöhnt, bei der Kuh zu saugen. Die Kuh ist seine Mutter, der ist es um die Milch nicht leid. Ist dir das klar? Einer

Mutter ist es nie um etwas leid. Das sagt Güldshamal, sie hat eine kleine Tochter... Bald wird die Kuh gemolken, dann treiben wir das Kalb auf die Weide. Und dann steigen wir auf den Wachtberg und sehen von dort auf den weißen Dampfer. Ich unterhalte mich doch mit dem Fernglas auch so. Jetzt werden wir zu dritt sein – ich, du und das Fernglas...«

So ging er nach Hause. Ihm machte es große Freude, sich mit der Tasche zu unterhalten. Gern hätte er das Gespräch fortgesetzt und von sich erzählt, was die Tasche noch nicht wußte. Doch er wurde daran gehindert. Seitlich erklang Pferdegetrappel. Hinter den Bäumen erschien ein Reiter auf einem Grauschimmel. Es war Oroskul. Auch er kehrte nach Hause zurück. Das graue Pferd Alabasch, auf dem er keinen andern reiten ließ, trug den Reitsattel mit den kupfernen Steigbügeln, mit dem Halsriemen und klirrenden silbernen Anhängseln.

Oroskuls Hut war in den Nacken gerutscht und gab die rote Stirn mit dem tiefen Haaransatz frei. Die Hitze hatte ihn schläfrig gemacht. Er döste im Reiten. Die Velvetjoppe, nicht sehr gekonnt nach dem Muster deren genäht, die die Kreisobrigkeit trug, war von oben bis unten aufgeknöpft. Das weiße Hemd war unterm Gürtel hochgerutscht. Er war satt und betrunken. Gerade noch hatte er an einem gastlichen Tisch gesessen, Kumys getrunken und sich mit Fleisch vollgestopft.

Wenn die Schaf- und Pferdehirten zur Sommerweide in die Berge kamen, luden sie Oroskul oft ein. Er hatte unter ihnen alte Freunde und Kumpel.

Doch sie luden ihn auch mit Berechnung ein. Oroskul war für sie unentbehrlich. Besonders für alle diejenigen, die ein Haus bauten, selber aber in den Bergen arbeiteten; die Herde durften sie nicht im Stich lassen und nicht weggehen, doch woher das Baumaterial nehmen? Vor allem Holz? Machten sie sich aber bei Oroskul lieb Kind, dann konnten sie aus dem Waldreservat zwei, drei Bäume auswählen und abfahren. Anderenfalls müßten sie nur mit der Herde in den Bergen

umherziehen, und mit dem Hausbau ginge es nie voran...
Vollgestopft und aufgeblasen, die Spitzen der Chromlederstiefel salopp in die Steigbügel gestemmt, döste Oroskul im Sattel.

Vor Überraschung wäre er um ein Haar vom Pferd gefallen, als der Junge ihm entgegengerannt kam und die Tasche schwenkte.

»Onkel Oroskul, ich hab eine Tasche! Ich komm in die Schule! Da ist meine Tasche!«

»Hol dich der und jener!« fluchte Oroskul und zog erschrocken an den Zügeln.

Verschlafen, mit verquollenen, trunkenen roten Augen, sah er den Jungen an.

»Was willst du? Woher kommst du?«

»Ich geh nach Hause. Ich hab eine Tasche. Gerade hab ich sie Sejdakmat gezeigt«, sagte der Junge enttäuscht.

»Na schön, geh spielen«, knurrte Oroskul und ritt, im Sattel schwankend, weiter.

Was kümmerte ihn die alberne Tasche und der von den Eltern verlassene Junge, der Neffe seiner Frau, wenn ihn selbst das Schicksal so betrogen hatte, da Gott ihm keinen leiblichen Sohn schenkte, während er doch andern Leuten jede Menge Kinder bescherte?

Oroskul schniefte und schluchzte. Leid und Wut würgten ihn. Leid, weil sein Leben spurlos vergehen würde, und Wut auf seine unfruchtbare Frau. Wie viele Jahre schon wurde das verfluchte Weib nicht schwanger!

Dir werd ich's geben! drohte Oroskul in Gedanken, ballte die fleischigen Fäuste und stöhnte verhalten, um nicht laut loszuweinen. Er wußte bereits, daß er sie nachher schlagen würde. So war es jedesmal, wenn er sich betrunken hatte. Dann schnappte der bullige Kerl vor Kummer und Wut über.

Der Junge folgte ihm auf dem Pfad. Er wunderte sich aber, als Oroskul plötzlich vor ihm verschwunden war. Der war zum Fluß abgebogen, abgestiegen, hatte die Zügel fallen gelassen und ging geradewegs durchs hohe Gras. Er ging taumelnd und mit krummem Buckel. Ging, die Hände vors Gesicht geschlagen und den Kopf zwischen den Schultern. Am Ufer hockte Oroskul sich hin. Mit beiden Händen schöpfte er Wasser aus dem Fluß und schüttete es sich ins Gesicht.

Sicherlich hat er von der Hitze Kopfschmerzen bekommen, dachte der Junge, als er sah, was Oroskul machte. Er wußte nicht, daß Oroskul weinte und einfach nicht aufhören konnte. Weinte, weil nicht sein Sohn ihm entgegengelaufen war und weil er es nicht übers Herz gebracht hatte, dem Jungen mit der Tasche auch nur ein paar freundliche Worte zu sagen.

2

Vom Gipfel des Wachtberges eröffnete sich der Blick nach allen Seiten. Auf dem Bauch liegend, stellte der Junge das Fernglas ein. Es war ein guter Feldstecher. Der Großvater hatte ihn dereinst für langjährigen Dienst in der Forstwirtschaft erhalten. Er benutzte das Fernglas nicht gern. »Meine Augen sind nicht schlechter.« Dafür fand der Enkel daran Freude.

Diesmal war er mit dem Fernglas und der Tasche auf den Berg gekommen.

Zuerst hüpften die Gegenstände und verwischten sich, dann wurden sie plötzlich deutlich und unbeweglich. Das war hochinteressant. Der Junge hielt den Atem an, um den gefundenen Schärfebereich nicht zu verlieren. Dann blickte er auf einen anderen Punkt – und wieder verwischte sich alles. Erneut drehte der Junge am Okular.

Von hier aus war alles zu sehen. Sogar die hohen, verschneiten Gipfel, über denen nur noch der Himmel war. Sie standen über allen anderen Bergen, überragten sie und die ganze Erde. Aber auch die Berge, die niedriger waren als die verschneiten – die bewaldeten mit dem dichten Laubwald unten und dem finsteren Kiefernwald oben. Dann waren da die der Sonne zugewandten Künggöjberge, auf deren Hängen nur Gras wuchs. Und noch kleinere Berge auf der Seeseite, einfach kahle, steinige Ausläufer. Sie führten hinunter ins Tal, das wiederum in den See mündete. Dort waren Felder, Gärten, Siedlungen... In das Grün der Saaten mischte sich bereits Gelb – die Zeit der Ernte nahte. Wie Mäuse huschten winzige Autos auf den Straßen hin und her, hinter ihnen kräuselten sich lange Staubschwänze. Und am entferntesten Ende der Erde, das gerade noch zu sehen war, hinter einem sandigen Uferstreifen, blaute die Krümmung des Sees. Das war der Issyk-Kul. Da trafen sich Wasser und Himmel. Weiter war nichts mehr. Der See lag reglos, schimmernd und verlassen. Nur am Ufer wogte kaum merklich weißer Brandungsschaum.

Der Junge blickte lange in diese Richtung. »Der weiße Dampfer ist nicht gekommen«, sagte er zur Tasche. »Da sehen wir uns eben noch mal unsere Schule an.«

Von hier aus war der ganze Talkessel hinterm Berg gut zu erkennen. Durchs Fernglas sah man sogar das Garn in den Händen einer alten Frau, die vor einem Haus unterm Fenster saß.

Der Talkessel Dshelessai war nicht bewaldet, nur hier und da waren vom einstigen Holzeinschlag einzelne alte Kiefern stehengeblieben. Früher einmal war hier Wald gewesen. Jetzt standen da reihenweise Viehställe mit Schieferdächern, sah man große, schwarze Haufen von Mist und Stroh. Hier wurde das Rassejungvieh der Milchfarm aufgezogen. Unweit der Viehhöfe war ein schmales Gäßchen entstanden – die Siedlung der Viehpfleger. Das Gäßchen führte einen flachen Hang hinab. Am äußersten Ende stand ein kleines Gebäude – offensichtlich kein Wohnhaus. Das war die Vierklassenschule. Die Kinder der höheren Klassen fuhren zum Unterricht in den Sowchos, sie wohnten im Internat. In der Schule lernten die Kleinen.

Der Junge war schon ein paarmal mit dem Großvater in der Siedlung gewesen, beim Feldscher, als er Halsschmerzen hatte. Jetzt betrachtete er aufmerksam durchs Fernglas das kleine Schulgebäude unter dem braunen Ziegeldach mit dem einsamen, schief gewordenen Schornstein und den selbstgemalten Schriftzügen auf der Sperrholztafel: Mektep. Lesen konnte er nicht, doch er vermutete, daß ebendas dort geschrieben stand. Durchs Fernglas sah er alles, selbst die kleinsten, unwahrscheinlich kleinen Einzelheiten. Wörter, die in den Putz der Wände gekratzt waren, das überklebte Glas in einem Fenster, die verzogenen, rissigen Verandadielen. Er stellte sich vor, wie er mit seiner Tasche hierherkommen und durch die Tür schreiten würde, vor der jetzt ein großes Schloß hing. Was würde hinter dieser Tür sein?

Nachdem der Junge die Schule hinreichend betrachtet hatte, richtete er das Fernglas wieder auf den See. Aber dort hatte sich nichts verändert. Der weiße Dampfer zeigte sich noch immer nicht. Der Junge wandte sich ab, setzte sich mit dem Rücken zum See, legte das Fernglas weg und sah den Berg hinunter. Dort, unmittelbar an seinem Fuß, glitzerte auf dem Grund einer länglichen Schlucht silbern ein reißender, stromschnellenreicher Fluß. Zusammen mit dem Fluß wand sich an dessen Ufer die Straße, und zusammen mit der Straße verschwand auch der Fluß hinter einer Krümmung der Schlucht. Das gegenüberliegende Ufer war abschüssig und bewaldet. Da begann das Naturschutzgebiet von San-Tasch, das bis hoch in die Berge reicht, bis an die verschneiten Gipfel. Am höchsten waren die Kiefern gestiegen. Inmitten von Steinen und Schnee starrten sie wie dunkle Bürsten auf den Kämmen der Bergketten.

Spöttisch betrachtete der Junge die Häuser, Schuppen und Anbauten im Hof der Forstwirtschaft. Klein und verfallen wirkten sie von oben. Hinter der Försterei, näher zum Ufer hin, erkannte er seine Steine. Sie alle – das »Kamel«, den »Wolf«, den »Sattel« und den »Panzer« – hatte er zuerst von hier, vom Wachtberg aus, durchs Fernglas gesehen, und da hatte er ihnen die Namen gegeben.

Der Junge lächelte ausgelassen, stand auf und warf einen Stein in Richtung des Hofes. Der Stein flog nicht weit, landete noch auf dem Berg. Da setzte er sich wieder und betrachtete die Försterei durchs Fernglas. Zuerst blickte er durch die großen Linsen – da lagen die Häuser weit, weit weg, wurden zu Spielzeugschächtelchen. Felsbrocken wurden zu Steinchen. Und Großvaters Badebecken an der Felsbank im Fluß wirkte vollends lächerlich – als reichte es einem Spatzen bis ans Knie. Der Junge schmunzelte, schüttelte den Kopf, drehte das Fernglas schnell um und stellte es neu ein.

Seine Lieblingssteine, ins Riesige vergrößert, schienen so nah, als würde er sich gleich daran stoßen. Das »Kamel«, der »Sattel«, der »Panzer« sahen überwältigend aus: Sie hatten Scharten, Risse und rostfarbene Flecken an den Seiten; vor allem aber ähnelten sie wirklich sehr dem, was der Junge in ihnen sah. »Ach, was bist du für ein Wolf!« und »Nicht schlecht, der Panzer!«

Hinter den Feldsteinen lag in einer Untiefe Großvaters Flußbecken. Durchs Fernglas war diese Uferstelle gut zu sehen. Dorthin, auf einen breiten Geröllgrund, verlief sich im Vorbeijagen stets etwas Wasser vom eigentlichen Strom, um an Begrenzungssteinen aufschäumend und aufbrodelnd in die Strömung zurückzukehren. Auf der Felsbank reichte das Wasser bis an die Knie. Doch die Strömung war so stark, daß sie einen Jungen wie ihn ohne weiteres in den Fluß hinwegtragen konnte. Um nicht mitgerissen zu werden, hatte sich der Junge früher an einem am Ufer stehenden Weidenstrauch festgehalten – seine Zweige ragten zum Teil aufs Land, und zum Teil hingen sie ins Wasser – und war eingetaucht. Aber war das etwa Baden? Er kam sich vor wie ein Pferd an der Leine. Und der Ärger, den das einbrachte, das Geschimpf! Die Großmutter hielt dem Großvater vor: »Wenn ihn der Fluß wegträgt, ist er selber schuld. Ich rühr keinen Finger. Wozu brauch ich ihn schon? Vater und Mutter wollen nichts von ihm wissen. Und ich hab genug eigene Sorgen, schon dazu fehlt mir die Kraft.«

Was konnte er dagegen sagen? Eigentlich hatte die Alte ja recht. Aber der Junge tat ihm leid: Der Fluß war doch ganz nah, fast vor der Tür. Auch wenn die alte Frau ihm angst machte, er ging doch ins Wasser. Da hatte Momun beschlossen, an der Felsbank aus Steinen ein Becken zu bauen, damit der Junge ungefährdet baden konnte. Wie viele Steine hatte der alte Momun dorthin geschleppt! Und immer die größten, damit die Strömung sie nicht hinwegtrug! Er schleppte sie, an den Leib gepreßt, und legte sie, im Wasser stehend, so, daß das Wasser zwischen ihnen frei herein- und ebenso frei wieder hinausfließen konnte. Drollig anzusehen – mager, mit einem spärlichen Bärtchen und feuchten, am Körper klebenden Hosen –, arbeitete er einen ganzen Tag an diesem Becken. Abends mußte er sich dann hinlegen, hustete und bekam das Kreuz nicht mehr gerade. Da geriet die Großmutter vollends aus dem Häuschen. »Ein kleiner Dummkopf ist halt klein, aber was soll man zu einem großen Dummkopf sagen? Warum, zum Teufel, hast du dich so geschunden? Du gibst ihm zu essen und zu trinken, was denn noch? Alle Flausen läßt du ihm durchgehn. O weh, das bringt nichts Gutes!«

Wie dem auch sei, das Becken an der Felsbank geriet prächtig. Jetzt konnte der Junge unbesorgt baden. Er packte einen Zweig, kletterte das Ufer hinab und warf sich ins Wasser. Unbedingt mit offenen Augen. Weil die Fische im Wasser mit offenen Augen schwimmen. Er hatte einen seltsamen Wunsch: Er wollte sich in einen Fisch verwandeln. Und davonschwimmen.

Als der Junge jetzt durchs Fernglas auf das Becken blickte, stellte er sich vor, wie er Hemd und Hosen auszieht und splitterfasernackt bibbernd ins Wasser geht. Das Wasser der Bergflüsse ist immer kalt, es verschlägt einem den Atem, aber später gewöhnt man sich daran. Er stellte sich vor, wie er sich an einem Weidenzweig festhält und sich vornüber ins Wasser wirft. Wie das Wasser klatschend über seinem Kopf zusammenschlägt, ihm heiß unterm Bauch durch, über Rücken und Beine rinnt. Alle Laute der Außenwelt verstummen unter Wasser, in den Ohren bleibt nur noch ein Brausen. Er reißt die Augen auf und betrachtet eifrig alles, was man unter Wasser sehen kann. Die Augen brennen und schmerzen, aber er lächelt sich selbstbewußt zu und streckt sogar im Wasser die Zunge raus. Der Großmutter. Die sollen nur wissen, daß er überhaupt nicht ertrinkt und vor gar nichts Angst hat. Dann läßt er den Zweig los, und das Wasser zieht ihn mit sich, trägt ihn so lange fort, bis er mit den Füßen gegen die Steine des Beckens stößt. Jetzt kriegt er auch keine Luft mehr. Mit einem Satz springt er aus dem Wasser, klettert ans

Ufer und läuft wieder zum Weidenstrauch. Das macht er viele Male. Wenigstens hundertmal würde er gern in Großvaters Becken baden. So lange, bis er sich am Ende in einen Fisch verwandelt hat. Er wollte unbedingt, um jeden Preis ein Fisch werden...

Nachdem der Junge das Flußufer betrachtet hatte, richtete er das Fernglas auf seinen Hof. Die Hühner, die Truthennen mit ihren Küken, die an den Klotz gelehnte Axt, der dampfende Samowar und manches andere im Vorhof waren so unwahrscheinlich groß, so nah, daß der Junge unwillkürlich die Hand ausstreckte. Da erblickte er zu seinem Entsetzen im Fernglas das elefantengroß wirkende braune Kalb, wie es bedächtig an der auf der Leine hängenden Wäsche kaute. Es blinzelte vor Vergnügen, Speichel troff ihm von den Lippen – solchen Spaß machte es ihm, mit vollem Maul Großmutters Kleid zu kauen.

»Ach, du Dummes!« Der Junge richtete sich mit dem Fernglas vor Augen auf und schwenkte den Arm. »Weg da! Hörst du, scher dich weg! Baltek! Baltek!« (Der Hund lag im Objektiv seelenruhig vor dem Haus.) »Faß, faß es doch!« befahl er dem Hund verzweifelt.

Baltek ließ das kalt. Er lag mit der unschuldigsten Miene da.

In dem Augenblick kam die Großmutter aus dem Haus. Als sie sah, was vor sich ging, schlug sie die Hände überm Kopf zusammen. Sie packte einen Besen und stürzte sich aufs Kalb. Das Kalb lief weg, die Großmutter hinterdrein. Ohne sie aus dem Blick zu lassen, hockte sich der Junge hin, damit er auf dem Berg nicht zu sehen war. Nachdem die alte Frau das Kalb weggejagt hatte, ging sie schimpfend zum Haus; sie keuchte vor Wut und vom schnellen Laufen. Der Junge sah sie so, als stünde er neben ihr oder sogar noch näher. Er sah sie im Objektiv wie die Großaufnahme eines Gesichts im Kino. Er sah ihre vor Wut zusammengekniffenen gelben Augen. Sah, wie ihr runzliges, von tiefen Falten durchzogenes Gesicht über und über rot geworden war. Wie im Kino, wenn plötzlich der Ton wegbleibt, bewegten sich im Fernglas Großmutters Lippen schnell und lautlos, wobei ihre wenigen schartigen Zähne zum Vorschein kamen. Was sie schrie, war aus der Ferne nicht zu verstehen, doch der Junge meinte, ihre Worte so deutlich und klar zu hören, als spräche sie unmittelbar an seinem Ohr. Oi, wie sie ihn ausschimpfte! Er kannte alles schon auswendig. »Wart bloß! Komm nur erst nach Hause! Dir werd ich's geben! Der Großvater ist mir schnuppe. Wie oft hab ich zu ihm gesagt, er soll das alberne Guckrohr wegwerfen. Schon wieder ist der Schlingel auf den Berg gelaufen. Zum Teufel mit dem verflixten Dampfer, verbrennen soll er, untergehn!«

Der Junge auf dem Berg seufzte schwer. An einem solchen Tag, an dem er eine Tasche bekommen hatte, an dem er schon davon geträumt hatte, wie er zur Schule gehen würde, hätte er wirklich nach dem Kalb sehen müssen!

Die alte Frau beruhigte sich nicht. Während sie immer noch schimpfte, betrachtete sie ihr zerkautes Kleid. Güldshamal mit ihrer Tochter trat zu ihr. Großmutter beklagte sich bei ihr und geriet immer mehr in Fahrt. Sie schüttelte die Fäuste zum Berg hin. Ihre knochige dunkle Faust drohte vor den Okularen: »Ein schöner Zeitvertreib. Zum Teufel mit dem Dampfer! Verbrennen soll er, untergehn!«

Der Samowar im Hof siedete schon. Durchs Fenster sah der Junge, wie unterm Deckel hervor Dampfschwaden ausströmten. Tante Bekej kam heraus, um den Samowar zu holen. Schon ging es wieder los. Die Großmutter hielt ihr das zerkaute Kleid unter die Nase. Da, sieh, was dein Neffe angerichtet hat!

Tante Bekej redete auf sie ein, beschwichtigte sie. Der Junge ahnte, was sie sagte. Ungefähr dasselbe wie sonst immer: »Beruhigen Sie sich, Mütterchen! Der Junge ist doch noch ein Kindskopf, was kann man von dem verlangen. Er ist hier allein, hat keine Freunde. Was nützt es, zu schrein und dem Kind Angst einzujagen?«

Darauf antwortete die Großmutter zweifellos: »Du hast mir

keine Vorschriften zu machen. Krieg erst mal selber Kinder, dann wirst du sehn, was man von denen verlangen kann. Warum treibt er sich da auf dem Berg rum? Das Kalb einzufangen, hat er keine Zeit. Was gibt es da schon zu sehn? Seine leichtsinnigen Eltern? Die ihn in die Welt gesetzt haben und dann auseinandergelaufen sind? Du hast gut reden, taube Nuß!«

Selbst aus dieser Entfernung sah der Junge durchs Fernglas, wie Tante Bekejs eingefallene Wangen totenfahl wurden, wie es sie schüttelte und wie sie – er wußte genau, wie die Tante sich rächen würde – der Schwiegermutter ins Gesicht schleuderte: »Und du selber, alte Hexe, wie viele Söhne und Töchter hast du aufgezogen? Was bist denn du?«

Jetzt ging der Spektakel los. Die Großmutter heulte beleidigt auf, Güldshamal versuchte die Frauen zu versöhnen, redete der Großmutter gut zu, legte den Arm um sie und wollte sie ins Haus führen, aber die alte Frau geriet immer mehr in Wut und rannte wie irrsinnig im Hof hin und her. Tante Bekej packte den siedenden Samowar und trug ihn fast rennend ins Haus, dabei verspritzte sie kochendes Wasser. Die Großmutter setzte sich erschöpft auf den Hackklotz. Schluchzend beklagte sie ihr bitteres Los. Jetzt war der Junge vergessen, jetzt zahlte sie es dem Herrgott und der ganzen großen Welt heim. »Ich? Du fragst mich, was ich bin?« rief sie empört der Stieftochter nach. »Wenn Gott mich nicht gestraft, wenn er mir meine fünf Kleinen nicht genommen hätte, wenn mein einziger Sohn nicht mit achtzehn Jahren im Kugelhagel des Krieges gefallen, wenn mein Alter, der herzallerliebste Taigara, nicht im Schneesturm samt der Schafherde erfroren wäre, würde ich dann etwa unter euch Waldleuten leben? Bin ich vielleicht so eine taube Nuß wie du? Würde ich auf meine alten Tage mit deinem Vater leben, dem Einfaltspinsel Momun? Für welche Sünden, welche Schuld hast du mich so gestraft, verfluchter Gott?«

Der Junge setzte das Fernglas ab und ließ traurig den Kopf hängen.

»Wie gehen wir jetzt nach Hause?« sagte er leise zur Tasche. »Alles wegen mir und dem dummen Kalb. Und wegen dir, Fernglas. Du willst immer, daß ich mir den weißen Dampfer ansehe. Du bist auch schuld.«

Der Junge sah sich um. Überall Berge – Felsen, Steine, Wälder. Von oben, von den Gletschern, strömten lautlos glitzernde Bäche, das Wasser schien erst hier unten endlich eine Stimme zu erhalten, um dann ewig, unaufhörlich im Fluß zu rauschen. Die Berge aber waren gewaltig und grenzenlos. In diesem Augenblick kam sich der Junge winzig vor, sehr einsam, völlig verloren. Er war allein inmitten der Berge, überall waren nur hohe Berge.

Die Sonne ging bereits auf der Seeseite unter. Es war nicht mehr so heiß. Auf den Osthängen zeigten sich die ersten kurzen Schatten. Nun würde die Sonne immer tiefer sinken, die Schatten würden hinabkriechen an den Fuß der Berge. Um diese Zeit erschien gewöhnlich der weiße Dampfer auf dem Issyk-Kul.

Der Junge stellte das Fernglas auf die größte Entfernung ein und hielt den Atem an. Da war er! Alles war im Handumdrehn vergessen: Dort, vor ihm, am blauen, blauen Rand des Issyk-Kul, zeigte sich der weiße Dampfer – unversehens aufgetaucht. Da war er! Mit einer Reihe Schornsteine, lang, gewaltig, schön. Er fuhr geradeaus, immer schnurgerade. Hastig rieb der Junge die Gläser mit dem Hemdzipfel sauber und stellte noch einmal die Okulare ein. Die Umrisse des Dampfers wurden noch klarer. Jetzt konnte er sehen, wie sich der Dampfer auf den Wellen wiegte und eine lichte Schaumspur nach sich zog. Hingerissen blickte der Junge auf den weißen Dampfer, konnte den Blick nicht abwenden. Wäre es nach ihm gegangen, dann hätte er den weißen Dampfer bewogen, näher zu kommen, denn er wollte die Menschen sehen, die da mitfuhren. Doch der Dampfer wußte das nicht. Langsam und erhaben zog er seine Bahn, unbekannt, woher, unbekannt, wohin.

Lange war zu sehen, wie der Dampfer dahinschwamm,

und der Junge dachte lange daran, wie er sich in einen Fisch verwandeln und im Fluß zum weißen Dampfer schwimmen würde.

Als er eines Tages zum erstenmal vom Wachtberg aus den weißen Dampfer auf dem blauen Issyk-Kul erspäht hatte, war sein Herz beim Anblick dieser Schönheit so erbebt, daß er sofort beschloß, sein Vater, ein Matrose vom Issyk-Kul, müsse gerade auf diesem weißen Dampfer fahren. Er glaubte es, denn er wünschte es sehnlich.

Er erinnerte sich weder an den Vater noch an die Mutter. Er hatte sie noch nie gesehen. Keiner von beiden hatte ihn je besucht. Doch der Junge wußte: Sein Vater war Matrose auf dem Issyk-Kul, die Mutter aber hatte nach der Trennung von ihrem Mann den Sohn beim Großvater gelassen und war in die Stadt gefahren. Seither war sie verschollen. Sie war in eine ferne Stadt hinter den Bergen, hinterm See und noch anderen Bergen gefahren.

Großvater Momun war einmal in dieser Stadt gewesen, um Kartoffeln zu verkaufen. Eine ganze Woche war er weggeblieben, und als er zurückkam, erzählte er der Großmutter und Tante Bekej beim Tee, er habe seine Tochter, die Mutter des Jungen, gesehen. Sie arbeite in einer großen Fabrik als Weberin. Sie habe eine neue Familie – zwei Töchter, die sie in den Kindergarten gebe und nur einmal in der Woche sehe. Sie wohne in einem großen Haus, habe aber nur ein kleines Zimmer, so winzig, daß man sich darin kaum umdrehn könne. Im Hof aber kenne keiner den andern, wie auf dem Basar. Alle würden sie da so leben – kaum zu Hause, machten sie gleich die Tür hinter sich zu. Säßen dauernd eingesperrt wie im Gefängnis. Ihr Mann sei wohl Chauffeur, fahre in einem Bus Leute durch die Straßen. Gehe früh um vier aus dem Haus und sei bis spätabends unterwegs. Das sei auch eine schwere Arbeit. Die Tochter habe immerzu geweint, sagte er, habe um Verzeihung gebeten. Sie stünden auf einer Warteliste für eine neue Wohnung. Wann sie eine kriegen würden, sei ungewiß. Aber sobald sie eine bekämen, würde sie den Sohn zu sich nehmen, falls ihr Mann es erlaube. Sie habe gebeten, sich noch zu gedulden. Er, Großvater Momun, habe ihr gesagt, sie solle sich nicht grämen. Hauptsache, sie vertrage sich mit ihrem Mann, alles andere werde sich schon finden. Und wegen des Sohnes brauche sie sich keine grauen Haare wachsen zu lassen. »Solange ich lebe, gebe ich den Jungen nicht her, und wenn ich sterbe, wird Gott ihn lenken, ein lebendiger Mensch geht nicht unter...« Während Tante Bekej und die Großmutter dem alten Mann zuhörten, seufzten sie immer wieder und schluchzten sogar gemeinsam.

Damals beim Tee kamen sie auch auf den Vater zu sprechen. Der Großvater hatte gehört, sein ehemaliger Schwiegersohn, der Vater des Jungen, sei noch immer Matrose auf einem Dampfer und habe gleichfalls eine neue Familie, wohl zwei, drei Kinder. Sie wohnten bei der Anlegestelle. Angeblich trinke er nicht mehr. Und die neue Frau komme jedesmal mit den Kindern zur Anlegestelle, um ihn zu begrüßen. Dann begrüßen sie also diesen meinen Dampfer, dachte der Junge.

Der Dampfer aber schwamm dahin, entfernte sich langsam. Weiß und lang, so glitt er mit rauchenden Schornsteinen über den blauen Spiegel des Sees und wußte nicht, daß ein Junge zu ihm schwamm, ein Fisch gewordener Junge.

Er träumte davon, sich so in einen Fisch zu verwandeln, daß alles bei ihm wäre wie bei einem Fisch – Körper, Schwanz, Flossen und Schuppen –, nur der Kopf sollte so bleiben, auf dem dünnen Hals, groß und rund, mit abstehenden Ohren und einer zerschrammten Nase. Auch die Augen sollten bleiben. Natürlich nicht ganz so, wie sie waren, sehen sollten sie wie Fischaugen. Die Wimpern des Jungen waren lang wie bei dem Kalb, und aus unerfindlichem Grund klapperten sie immer von allein. Güldshamal sagte, wenn doch ihre Tochter solche Wimpern hätte – was würde sie für eine Schönheit! Warum aber mußte jemand – ob Mädchen oder Junge – eine Schönheit werden? Als gäbe es nichts Wichtigeres! Er jedenfalls brauchte keine schönen Augen, sondern solche, die unter Wasser sahen.

Die Verwandlung müßte in Großvaters Becken vor sich gehen. Ruck, zuck, und schon ist er ein Fisch. Dann würde er sofort in den Fluß hinausspringen, mitten in die reißende Strömung, und sich von ihr hinwegtragen lassen. Immer weiter, aber natürlich würde er zwischendurch hochspringen und sich umblicken – schließlich macht es keinen Spaß, nur unter Wasser zu schwimmen. Er wird den schnellen Fluß hinabtreiben, den Steilhang aus rotem Ton entlang, über Stromschnellen, durch Brecher, vorüber an Bergen und Wäldern. Er wird sich von seinen geliebten Steinen verabschieden: »Auf Wiedersehn, Liegendes Kamel!«, »Auf Wiedersehn, Wolf!«, »Auf Wiedersehn, Sattel!«, »Auf Wiedersehn, Panzer!« Wenn er aber an der Försterei vorüberschwimmt, wird er aus dem Wasser springen und mit einer Flosse dem Großvater zuwinken: »Auf Wiedersehn, Ata, ich bin bald wieder zurück!« Der Großvater wird ganz verdutzt sein und nicht wissen, was er machen soll. Die Großmutter und Tante Bekej und Güldshamal werden mit offenen Mündern dastehen. Wo hat man das schon gesehen – ein Menschenkopf, aber mit dem Körper eines Fisches? Er aber wird auch ihnen mit einer Flosse zuwinken: »Auf Wiedersehn, ich schwimme in den Issyk-Kul, zum weißen Dampfer. Dort ist mein Vater, der Matrose!« Baltek wird sicherlich gleich am Ufer lang rennen. So was hat der Hund noch nie gesehen. Und sollte sich Baltek zu ihm ins Wasser stürzen wollen, wird er schreien: »Nicht doch, Baltek, das darfst du nicht! Du ertrinkst!« Selber aber wird er weiterschwimmen. Wird unter den Seilen der Hängebrücke hindurchtauchen und seinen Weg fortsetzen, an den Auenwäldern entlang, und schließlich die tosende Felsschlucht hinab in den Issyk-Kul.

Der Issyk-Kul aber ist ein ganzes Meer. Er wird auf den Wellen des Issyk-Kul schwimmen, von Welle zu Welle – bis ihm plötzlich der weiße Dampfer entgegenkommt. »Guten Tag, weißer Dampfer, ich bin's!« wird er zu ihm sagen. »Ich bin's, der dich immer durchs Fernglas beobachtet hat.« Die Leute auf dem Dampfer werden erstaunt zusammenlaufen, um sich das Wunder anzusehen. Und dann wird er zu seinem Vater, dem Matrosen, sagen: »Guten Tag, Papa. Ich bin dein Sohn. Ich bin zu dir geschwommen.« – »Was heißt hier Sohn? Du bist ja halb Fisch und halb Mensch!« – »Hol mich nur zu dir auf den Dampfer, und schon werde ich zu deinem ganz normalen Sohn.« – »Was du nicht sagst! Na, wir können's ja probieren.« Der Vater wirft ein Netz aus, zieht ihn aus dem Wasser und hebt ihn an Deck. Sofort wird er wieder er selber. Und dann, dann... Dann fährt der weiße Dampfer weiter. Und der Junge erzählt dem Vater alles, was er von seinem Leben weiß. Von den Bergen, inmitten deren er lebt, von den Steinen, vom Fluß und vom Naturschutzgebiet, von Großvaters Flußbecken, wo er gelernt hat, wie ein Fisch zu schwimmen, mit offenen Augen...

Natürlich erzählt er, wie es ihm bei Großvater Momun geht. Der Vater soll nur nicht denken, ein Mensch, den man den Unermüdlichen Momun genannt habe, müsse schlecht sein. So einen Großvater gibt es sonst nirgends, es ist der allerbeste Großvater. Nur weil er kein bißchen gerissen ist, lachen ihn alle aus. Und Onkel Oroskul, der schreit den alten Mann sogar an! Manchmal vor allen Leuten! Der Großvater indessen verteidigt sich nicht, sondern sieht Oroskul alles nach und nimmt ihm sogar Arbeit ab – im Wald und in der Wirtschaft. Und damit nicht genug! Wenn Onkel Oroskul betrunken angeritten kommt, spuckt er ihm nicht in die schamlosen Augen, sondern läuft herbei, hilft ihm vom Pferd, führt ihn ins Haus, bringt ihn ins Bett und deckt ihn mit einem Pelz zu, damit er nicht friert und ihm der Kopf nicht schmerzt; dem Pferd aber nimmt er den Sattel ab, striegelt und füttert es. Und all das nur, weil Tante Bekej keine Kinder kriegt. Warum ist das so, Papa? Viel schöner wäre doch: Wenn du willst, setz Kinder in die Welt, wenn du nicht willst, laß es eben sein. Der Großvater kann einem leid tun, wenn Onkel Oroskul Tante Bekej schlägt. Lieber sollte schon er geprügelt werden. So sehr quält er sich, wenn Tante Bekej schreit. Aber was kann er tun? Wenn er der Tochter beispringen will, verbietet es ihm die Großmutter. »Misch dich nicht ein«, sagt sie, »die kommen allein klar. Was kümmert das dich, Alter? Deine Frau ist sie nicht, also bleib sitzen.« – »Aber sie ist doch meine Tochter!« Die Großmutter entgegnet: »Was würdest du denn machen, wenn ihr nicht so nah, Haus an Haus, wohnen würdet, sondern weit voneinander entfernt? Würdest du jedesmal losreiten, um sie zu trennen? Und wer würde danach deine Tochter als Frau behalten?«

Die Großmutter, von der ich spreche, ist nicht mehr die von früher. Du kennst sie wahrscheinlich nicht, Papa. Das ist eine andere Großmutter. Die richtige ist gestorben, als ich noch klein war. Dann ist die hier gekommen. Wir haben oft undurchschaubares Wetter – mal ist es klar, mal trüb, mal regnet es, und mal hagelt es. So ist auch die Großmutter – undurchschaubar, wetterwendisch. Mal gut, mal böse, mal keins von beiden. Wenn sie böse ist, schikaniert sie uns. Großvater und ich halten dann den Mund. Sie sagt, einem Fremden kann man noch soviel zu essen und zu trinken geben, was Gutes ist von dem nicht zu erwarten. Aber ich bin doch kein Fremder hier, Papa. Ich hab immer beim Großvater gelebt. Sie ist die Fremde, denn sie ist erst später zu uns gekommen. Aber jetzt nennt sie mich einen Fremden.

Im Winter versinken wir im Schnee. Und die Verwehungen! Wenn man in den Wald will, kommt man nur auf dem Grauschimmel Alabasch durch, der bahnt sich den Weg durch die Schneewehen. Und dann dieser Wind! – Da hält man sich nicht auf den Beinen. Wenn der See Wellen schlägt, daß dein Dampfer hin und her schaukelt, dann, weißt du, rührt unser San-Tasch-Wind den See auf. Der Großvater hat oft erzählt, daß vor sehr, sehr langer Zeit feindliche Heere gekommen sind, um dieses Land zu erobern. Damals erhob sich von unserem San-Tasch-Paß ein solcher Wind, daß sich die Feinde nicht in den Satteln halten konnten. Sie saßen ab, aber auch zu Fuß kamen sie nicht voran. Der Wind peitschte ihnen die Gesichter blutig. Da kehrten sie dem Wind den Rücken zu, doch nun trieb er sie von hinten, erlaubte ihnen nicht stehenzubleiben und verjagte sie allesamt vom Issyk-Kul. So war das. Wir aber leben in diesem Wind! Bei uns nimmt er seinen Anfang. Den ganzen Winter über knarrt, tost und stöhnt der Wald jenseits des Flusses im Wind. Richtig zum Fürchten.

Im Winter gibt es im Wald nicht soviel zu tun. Im Winter ist es bei uns menschenleer, anders als im Sommer, wenn die Nomadenzüge kommen. Ich mag es sehr, wenn sie sich im Sommer mit ihren Schaf- und Pferdeherden auf der großen Wiese niederlassen. Zwar ziehen sie dann morgens weiter in die Berge, trotzdem ist es mit ihnen schön. Ihre Kinder und Frauen kommen auf Lastwagen. Auf den Lastwagen befinden sich auch die Jurten und allerlei Gerätschaften. Wenn sie sich etwas eingerichtet haben, gehen Großvater und ich sie begrüßen. Wir geben ihnen allen die Hand. Ich auch. Der Großvater sagt, der Jüngere muß immer zuerst die Hand geben. Wer das nicht tut, bringt den Leuten keine Achtung entgegen. Und dann sagt der Großvater noch, von sieben Leuten kann einer ein Prophet sein. Das ist ein sehr guter und kluger Mensch. Und wer den mit Handschlag begrüßt, wird glücklich fürs ganze Leben. Ich aber sage: Wenn das so ist, warum sagt der Prophet denn nicht, daß er ein Prophet ist, dann würden wir ihn doch alle mit Handschlag begrüßen. Der Großvater lacht. »Das ist es ja«, sagt er, »der Prophet weiß selber nicht, daß er ein Prophet ist, er ist ein gewöhnlicher Mensch. Nur ein Räuber weiß, daß er ein Räuber ist.« Das verstehe ich nicht ganz, aber ich begrüße stets alle Leute, auch wenn es mir manchmal etwas peinlich ist. Wenn aber Großvater und ich auf die Wiese kommen, ist es mir nicht peinlich.

»Glücklichen Aufstieg zu den Sommerweiden der Väter und Vorväter! Wie ist das werte Befinden von Vieh, Menschen und Kindern?« Das fragt der Großvater. Ich begrüße sie nur mit Handschlag. Den Großvater kennen alle, und er kennt alle. Er fühlt sich wohl. Er kann sich unterhalten, fragt die Ankömmlinge aus und erzählt selber, wie wir leben. Ich aber weiß nicht, worüber ich mit den Kindern reden soll. Doch dann spielen wir Versteck und Krieg und geraten so in Eifer, daß ich gar nicht wieder weg will. Immer müßte Sommer sein, immer sollte ich mit den Kindern auf der Wiese spielen können!

Während wir noch spielen, flammen die Lagerfeuer auf. Denkst du etwa, Papa, von den Feuern wird es auf der Wiese taghell? Überhaupt nicht! Nur beim Feuer ist es hell, auf dem ferneren Wiesenrund ist es dunkler als vorher. Wir aber spielen Krieg, verstecken uns in diesem Dunkel und greifen an, und es ist, als säßen wir im Kino. Bist du Kommandeur, dann gehorchen dir alle. Wahrscheinlich findet ein Kommandeur es schön, Kommandeur zu sein.

Dann geht der Mond über den Bergen auf. Bei Mondlicht zu spielen ist noch schöner, aber der Großvater bringt mich weg. Wir gehen über die Wiese durchs Gesträuch nach Hause. Ruhig liegen die Schafe da. Pferde weiden ringsum. Wir gehen und hören: Jemand stimmt ein Lied an. Ein junger Hirte, vielleicht auch ein alter. Der Großvater macht mich aufmerksam: »Horch. Solche Lieder kriegst du nicht jeden Tag zu hören.« Wir bleiben stehen und lauschen. Der Großvater seufzt. Er nickt zu dem Lied mit dem Kopf.

Der Großvater sagt, vor langer Zeit war einmal ein Chan bei einem anderen Chan in Gefangenschaft. Und dieser Chan sagte zu seinem Gefangenen: »Wenn du willst, kannst du bei mir als Sklave leben; oder ich erfülle dir deinen Herzenswunsch und töte dich danach.« Der Chan überlegte und antwortete: »Als Sklave leben will ich nicht. Töte mich lieber, doch zuvor laß aus meiner Heimat den erstbesten Hirten holen.« – »Wozu brauchst du ihn?« – »Ich will ihn vor dem Tod singen hören.« Der Großvater sagt, für ein Lied aus der Heimat geben Menschen ihr Leben hin. Was sind das für Menschen? Ich würde sie gern sehen. Sie leben wohl in großen Städten? »Klingt das schön, oh!« flüstert der Großvater.

»Was hat man nicht für Lieder gesungen, meine Güte!«

Ich weiß nicht, warum, aber mir tut der Großvater so leid, und ich habe ihn so lieb, daß ich weinen möchte...

Frühmorgens ist kein Mensch mehr auf der Wiese. Sie haben die Schafe und Pferde weitergetrieben, in die Berge, für den ganzen Sommer. Nach ihnen kommen andere Nomadenzüge aus anderen Kolchosen. Tagsüber halten sie sich nicht auf, da ziehen sie vorüber. Zur Nacht aber bleiben sie auf der Wiese. Und dann gehe ich mit dem Großvater die Leute begrüßen. Er begrüßt die Leute sehr gern, und ich habe es bei ihm gelernt. Vielleicht werde ich einmal auf der Wiese einen richtigen Propheten begrüßen...

Im Winter aber fahren Oroskul und Tante Bekej in die Stadt zum Doktor. Es heißt, ein Doktor könne helfen, könne ihnen solche Medikamente verschreiben, daß sie ein Kind bekommen. Doch die Großmutter sagt immer, sie sollten lieber an einen heiligen Ort fahren. Der liegt irgendwo hinter den Bergen, wo auf den Feldern Baumwolle wächst. Dort erhebt sich auf einer ebenen Fläche – sie ist so eben, daß man meint, da könne eigentlich gar kein Berg stehen – ein heiliger Berg, der Sulejmanberg. Wenn man an seinem Fuß ein schwarzes Schaf schlachtet und zu Gott betet, den Berg besteigt, sich bei jedem Schritt verneigt, immer wieder zu Gott betet und ihn schön bittet, kann er sich erbarmen und ein Kind schenken. Tante Bekej würde sehr gern dorthin, zum Sulejmanberg, fahren. Onkel Oroskul aber nicht. Es ist weit. »Das kommt teuer«, sagt er. »Dahin, über die Berge, gelangt man nur im Flugzeug. Bis zum Flugzeug aber muß man auch weit fahren, und das kostet auch Geld.«

Wenn sie in die Stadt fahren, bleiben wir hier ganz allein. Wir und unsere Nachbarn: Onkel Sejdakmat, seine Frau Güldshamal und ihre Tochter. Das sind auch schon alle.

Abends, wenn wir mit der Arbeit fertig sind, erzählt mir der Großvater Märchen. Ich weiß, draußen ist stockfinstere, bitterkalte Nacht. Ein schneidender Wind weht. Selbst die höchsten Berge kriegen in solchen Nächten Angst und drängen sich näher an unser Haus, ans Licht in den Fenstern. Das macht mich bange und froh. Wenn ich ein Riese wäre, würde ich mir einen Riesenpelzmantel anziehen und vor das Haus treten. Würde laut zu den Bergen sprechen: »Habt keine Angst, ihr Berge! Ich bin hier! Trotz Wind, Dunkelheit und Schneesturm fürchte ich mich nicht, also braucht auch ihr euch nicht zu fürchten. Bleibt an euerm Platz, drängt euch nicht so zusammen.« Dann würde ich durch die Schneewehen und über die Flüsse hinweg in den Wald gehen. Die Bäume haben doch nachts im Wald große Angst. Sie sind allein, keiner sagt zu ihnen ein Wort. Die Bäume sind nackt und frieren in der Eiseskälte, für sie gibt es keinen Unterschlupf. Ich aber würde durch den Wald gehen und jedem Baum auf den Stamm klopfen, damit er nicht solche Angst hat. Sicherlich sind Bäume, die im Frühjahr nicht ausschlagen, im Winter vor Angst erstarrt. Wir fällen das tote Holz dann und verwenden es als Brennholz.

An all das denke ich, wenn der Großvater mir Märchen erzählt. Er erzählt lange. Märchen gibt es verschiedene, auch komische, so wie das Märchen vom Däumling Tschypalak, den der gierige Wolf zu seinem Unglück verschluckt hat. Nein, zuerst fraß ihn ein Kamel. Tschypalak war unter einem Blatt eingeschlafen, das Kamel streifte da umher, und »haps« hatte es ihn aufgefressen, zusammen mit dem Blatt. Es heißt ja, ein Kamel weiß nicht, was es verschluckt. Nun begann Tschypalak zu schreien und um Hilfe zu rufen. Und die alten Männer mußten das Kamel schlachten, um ihren Tschypalak zu befreien. Aber noch aufregender ist die Geschichte mit dem Wolf. Auch er verschlang Tschypalak aus Dummheit. Dann aber weinte er bittere Tränen. Der Wolf stieß zufällig auf Tschypalak. »Was für ein Käferchen krabbelt denn da unter meinen Füßen? Dich verputz ich im Nu.« Tschypalak sagte: »Rühr mich nicht an, Wolf, sonst verwandle ich dich in einen Hund.« – »Haha!« lachte der Wolf. »Wo gibt's denn so was – daß ein Wolf zum Hund wird! Für deine Frechheit wirst du gefressen.« Und er verschlang ihn. Verschlang ihn und vergaß ihn. Doch von dem Tag an lebte er nicht mehr wie ein Wolf. Kaum schleicht er sich an Schafe heran, da schreit Tschypalak in seinem Bauch: »He, ihr Hirten, schlaft nicht! Ich, der graue Wolf, schleiche mich an, um ein Schaf zu reißen!« Der Wolf wußte nicht, was tun. Er biß sich in die Seiten und wälzte sich auf der Erde. Tschypalak aber verstummte nicht: »He, ihr Hirten, kommt schnell, schlagt mich, verdrescht mich!« Die Hirten gehen mit Knüppeln auf den Wolf los, und der läuft davon. Die Hirten rennen hinterher und können es nicht fassen: Verrückt mußte er sein, dieser ausgewachsene Wolf, er lief und schrie dabei: »Fangt mich!« Doch er hatte noch einmal Glück und entwischte. Aber was nutzte ihm das? Wo immer er Beute zu holen suchte, Tschypalak legte ihn wieder und wieder aufs Kreuz. Überall wurde er weggejagt und ausgelacht. Vor Hunger magerte der Wolf so ab, daß er bald nur noch aus Haut und Knochen bestand. Er knirschte mit den Zähnen und winselte: »Womit habe ich diese Strafe verdient? Warum ruf ich selber mein Unglück herbei? Dumm bin ich geworden auf meine alten Tage, den Verstand hab ich verloren.« Tschypalak aber flüsterte ihm ins Ohr: »Lauf zu Taschmat, der hat fette Schafe!«, »Lauf zu Baimat, bei dem sind die Hunde taub!«, »Lauf zu Ermat, bei dem schlafen die Hirten!« Der Wolf saß schließlich da und jammerte: »Nirgendwo geh ich hin, lieber verding ich mich bei jemandem als Hund!«

Ein drolliges Märchen, stimmt's, Papa? Der Großvater kennt aber auch andere Märchen – betrübliche und schreckliche, tieftraurige. Mein Lieblingsmärchen ist das von der Gehörnten Hirschmutter. Großvater meint, jeder, der am Issyk-Kul lebt, müsse dieses Märchen kennen. Es nicht zu kennen sei eine Schande. Vielleicht kennst du es, Papa? Großvater sagt, alles ist wahr. Hat sich wirklich so zugetragen. Wir alle sind Kinder der Gehörnten Hirschmutter. Ich und du und alle anderen...

So leben wir im Winter. Der zieht sich lange hin. Ohne Großvaters Märchen wäre mir im Winter sterbenslangweilig.

Im Frühling aber haben wir es schön. Wenn es richtig warm wird, kommen die Hirten wieder in die Berge. Dann sind wir hier nicht mehr allein. Nur hinterm Fluß, weiter weg von uns, ist niemand. Da ist nur Wald und alles, was im Wald lebt. Dazu wohnen wir ja auch im Forstrevier, damit niemand seinen Fuß dorthin setzt, niemand auch nur einen Zweig abbricht. Zu uns sind sogar schon Wissenschaftler gekommen. Zwei Frauen, beide in Hosen, ein alter Mann und dann noch ein junger. Der junge lernt bei ihnen. Einen ganzen Monat haben sie hier gelebt. Haben Kräuter gesammelt, Blätter und Zweige. Sie haben gesagt, Wälder wie bei uns am San-Tasch-Paß gebe es auf Erden nur noch sehr wenige. Fast gar keine mehr. Daher müsse man jeden Baum im Wald schützen.

Ich aber dachte, unserem Großvater täte es einfach um jeden Baum leid. Er mag es gar nicht, wenn Onkel Oroskul Kiefernstämme verschenkt.

3

Der weiße Dampfer entfernte sich. Schon waren seine Schornsteine durchs Fernglas nicht mehr zu erkennen. Bald würde er überhaupt nicht mehr zu sehen sein. Für den Jungen war es nun Zeit, sich ein Ende auszudenken für die Fahrt mit Vaters Dampfer. Alles gelang gut, nur ein Ende wollte ihm nicht einfallen. Er konnte sich gut vorstellen, wie er sich in einen Fisch verwandelt, flußabwärts zum See schwimmt, wie ihm der weiße Dampfer begegnet, wie er den Vater trifft. Und alles, was er dem Vater erzählen würde. Aber weiter? Angenommen, das Ufer war bereits in Sicht. Der Dampfer nähert sich der Anlegestelle. Die Matrosen bereiten sich darauf vor, den Dampfer zu verlassen. Sie gehen in ihre Häuser. Auch der Vater muß nach Hause gehen. Seine Frau und die beiden Kleinen erwarten ihn an der Anlegestelle. Wie soll er sich da verhalten? Mit dem Vater gehen? Ob er ihn mitnimmt? Und wenn, dann wird seine Frau fragen: Wer ist denn das, woher kommt er, was will er hier? Nein, lieber geht er nicht mit...

Der weiße Dampfer entschwand immer mehr, wurde zu einem kaum sichtbaren Punkt. Die Sonne sank aufs Wasser. Durchs Fernglas sah er, wie grell die feuerrote, ins Lila spielende Oberfläche des Sees glänzte.

Der Dampfer war davongefahren, verschwunden. Das Märchen von dem weißen Dampfer war zu Ende. Er mußte nach Hause gehen.

Der Junge hob die Tasche auf und klemmte sich das Fernglas untern Arm. Bergab ging es schnell, er rannte in Schlangenlinien hinunter. Und je mehr er sich dem Haus näherte, desto ängstlicher wurde ihm zumute. Er würde sich für das vom Kalb zerkaute Kleid verantworten müssen. Sein einziger

Gedanke galt der Strafe. Um nicht völlig zu verzagen, sagte er zur Tasche: »Hab keine Angst. Na schön, sie werden uns ausschimpfen. Es war ja nicht meine Absicht. Ich hab einfach nicht gewußt, daß das Kalb weggelaufen ist. Na schön, ich krieg was hinter die Ohren. Das ertrag ich. Und wenn sie dich auf den Boden schleudern, erschrick nicht. Du gehst davon nicht kaputt, du bist ja eine Tasche. Wenn das Fernglas der Großmutter in die Hände gerät, ist es übel dran. Wir wollen erst mal das Fernglas im Schuppen verstecken, dann gehen wir ins Haus.«

So geschah es auch. Zaghaft überschritt er die Schwelle.

Im Haus herrschte beängstigende Stille. Der Hof war so still und ausgestorben, als hätten die Menschen den Ort verlassen. Tante Bekej hatte wieder einmal von ihrem Mann Prügel bezogen. Wieder einmal hatte Großvater Momun den von allen guten Geistern verlassenen Schwiegersohn beschwichtigen, hatte er Oroskul anflehen, bestürmen, sich an seine Fäuste klammern müssen, hatte er die ganze Schmach seiner verprügelten, zerzausten, jammernden Tochter miterlebt. Und wieder hatte er mit anhören müssen, wie sie in seinem, des leiblichen Vaters Beisein mit den gemeinsten Worten beschimpft wurde – als unfruchtbare Hündin, als dreimal verfluchte gelte Eselin und was Oroskul noch für Worte fand. Hatte mit anhören müssen, wie seine Tochter mit wilder, irrer Stimme ihr Schicksal verfluchte: »Bin ich etwa schuld, daß Gott mir verwehrt, ein Kind zu empfangen? Wie viele Frauen gebären wie die Schafe, mich aber hat der Himmel verdammt. Wofür? Was nutzt mir ein solches Leben? Erschlag mich lieber, du Scheusal! Na los, schlag zu, tu's doch!«

Der alte Momun saß todunglücklich in einer Ecke, atmete noch immer schwer, hatte die Augen geschlossen, und seine auf den Knien liegenden Hände zitterten. Er war sehr blaß. Momun warf einen Blick auf den Enkel, sagte nichts und schloß wieder müde die Augen. Die Großmutter war nicht zu Hause. Sie war weggegangen, um Tante Bekej mit ihrem

Mann zu versöhnen, bei ihnen Ordnung zu machen und das zerschlagene Geschirr wegzuräumen. So war sie nun mal. Wenn Oroskul seine Frau schlug, mischte sie sich nicht ein und hielt den Großvater zurück. Nach der Prügelei aber ging sie zu ihnen, redete ihnen gut zu und beschwichtigte sie. Auch nicht schlecht.

Am meisten tat dem Jungen der alte Mann leid. Immer, wenn so etwas geschah, war es, als könne er das nicht überleben. Wie betäubt saß er in einer Ecke und ließ sich nirgends sehen. Keiner Menschenseele sagte er, woran er dachte. In solchen Augenblicken aber dachte Momun, daß er schon alt sei, daß er einen einzigen Sohn gehabt habe, und der sei im Krieg gefallen. Schon wisse niemand von ihm, erinnere sich niemand mehr an ihn. Wäre der Sohn noch am Leben, dann hätte sich sein Los vielleicht anders gestaltet. Auch um seine verstorbene Frau trauerte Momun, mit der er ein Menschenalter zusammengelebt hatte. Doch sein größter Kummer war, daß seine Töchter kein Glück gefunden hatten. Die jüngere hatte ihm den Enkel überlassen, war in die Stadt gezogen und fristete dort ihr Dasein mit einer großen Familie in einem Zimmer. Die zweite plagte sich hier mit Oroskul. Und obwohl er, der alte Vater, bei ihr war und obwohl er um der Tochter willen alles erduldete – Mutterglück blieb ihr nun schon so lange versagt. Dabei lebte sie so viele Jahre mit Oroskul. Sie war des Lebens mit ihm längst überdrüssig, aber wo sollte sie hin? Und was würde später – es konnte ja sein, daß er, Momun, starb, schließlich war er schon alt –, wie würde es ihr dann ergehen, seiner unglückseligen Tochter?

Hastig trank der Junge eine Tasse saure Milch, aß ein Stück Fladen und blieb still am Fenster sitzen. Die Lampe zündete er nicht an, er wollte den Großvater nicht stören, mochte er nur seinen Gedanken nachhängen.

Auch der Junge machte sich Gedanken. Er verstand nicht, warum Tante Bekej ihren Mann mit dem Wodka beglückte. Er ging mit Fäusten auf sie los, und sie setzte ihm danach auch noch einen halben Liter Wodka vor.

Ach, Tante Bekej, Tante Bekej! Wie oft hat der Mann sie schon halb totgeschlagen, aber sie verzeiht ihm immer wieder. Auch Großvater Momun verzeiht ihm immer. Warum eigentlich? Solchen Leuten darf man nicht verzeihen. Oroskul ist ein Taugenichts, ein widerwärtiger Kerl. Ist hier völlig überflüssig. Wir kommen auch ohne ihn aus.

Die erbitterte kindliche Einbildungskraft malte dem Jungen lebhaft das Bild einer gerechten Strafe. Sie alle stürzen sich auf Oroskul und schleppen den fetten, riesigen, schmutzigen Kerl zum Fluß. Dann schwenken sie ihn und werfen ihn ins Wasser. Er aber bittet Tante Bekej und Großvater Momun um Verzeihung. Er kann sich ja in keinen Fisch verwandeln...

Dem Jungen wurde leichter ums Herz. Er fand es sogar lustig, wenn er in seinen Träumen sah, wie Oroskul im Fluß zappelte und neben ihm sein Velvethut schwamm.

Zu seinem großen Verdruß handelten die Erwachsenen aber nicht so, wie er es für gerecht hielt. Sie machten alles gerade umgekehrt. Oroskul kommt angetrunken nach Hause, sie aber empfangen ihn, als wäre nichts gewesen. Der Großvater nimmt ihm das Pferd ab, seine Frau stellt schnell den Samowar auf. Alle scheinen nur auf ihn gewartet zu haben. Oroskul dagegen spielt sich auf. Erst ist er traurig und weint. Wieso hat eigentlich jeder, sogar der größte Taugenichts, dem man nicht mal unbedingt die Hand geben muß, Kinder, soviel sein Herz begehrt, sagt er. Fünf oder sogar zehn? Ist er, Oroskul, denn schlechter? Wobei hat er versagt? Hat er es etwa im Dienst zu nichts gebracht? Er ist doch, Gott sei Dank, Oberaufseher im Naturschutzgebiet geworden! Ist er vielleicht ein Landstreicher? Aber auch ein Zigeuner hat schließlich einen Haufen Kinder. Oder ist er gar irgendein Namenloser, ein Mensch, dem keine Achtung gebührt? Nein, alles hat er erreicht. Alles geschafft. Er hat ein Pferd unterm Sattel, die Riemenpeitsche in der Hand, und man begegnet ihm mit Respekt. Warum also richten seine Altersgenossen ihren Kindern bereits die Hochzeit – und er? Wer ist er schon ohne Sohn, ohne Nachwuchs?

Tante Bekej weint auch, wirtschaftet herum, will es ihrem Mann in allem recht machen. Sie holt eine versteckte Halbliterflasche und trinkt vor Kummer selber mit. So kommt eins zum andern. Plötzlich packt Oroskul blinde Wut, und mit aller Wucht läßt er sie an seiner Frau aus. Sie aber verzeiht ihm alles. Auch der Großvater verzeiht ihm. Niemand fesselt Oroskul. Er wird schon wieder nüchtern, und am andern Morgen hat seine Frau, obwohl noch grün und blau geschlagen, bereits den Samowar aufgesetzt. Der Großvater hat dem Pferd Hafer gegeben und es gesattelt. Oroskul trinkt seinen Tee, setzt sich aufs Pferd und ist wieder der Natschalnik, der Herr über alle Wälder am San-Tasch-Paß. Und niemand kommt auf den Gedanken, daß es höchste Zeit wäre, so einen wie Oroskul in den Fluß zu werfen...

Es war schon dunkel, Nacht.

So ging der Tag zu Ende, an dem der Junge seine erste Schultasche bekommen hatte.

Als er schlafen ging, wußte er nicht, wohin mit der Tasche. Schließlich legte er sie neben seinen Kopf. Noch wußte er nicht, würde es erst später entdecken, daß fast die halbe Klasse haargenau so eine Tasche haben würde. Aber das würde ihn nicht verdrießen, seine Tasche würde die ungewöhnlichste, ganz besondere Tasche bleiben. Ebenso wußte er nicht, daß ihn in seinem kleinen Leben neue Ereignisse erwarteten, daß der Tag kommen würde, da er mutterseelenallein in der weiten Welt dastehen und nur die Tasche bei sich haben würde. Und all das wegen seines Lieblingsmärchens von der Gehörnten Hirschmutter.

Auch an diesem Abend hätte er das Märchen gern noch einmal gehört. Der alte Momun liebte die Geschichte selbst und erzählte sie so, als hätte er mit eigenen Augen alles gesehen – er seufzte, weinte dabei, verstummte zwischendurch und überließ sich seinen Gedanken.

Doch der Junge traute sich nicht, den Großvater darum zu bitten. Ihm war klar, daß der jetzt anderes im Sinn hatte.

»Wir bitten ihn ein andermal«, sagte er zur Tasche. »Jetzt erzähl ich dir selber von der Gehörnten Hirschmutter, mit denselben Worten wie der Großvater. So leise, daß niemand es hört, aber merk gut auf. Ich erzähle gern und sehe dann alles vor mir wie im Kino. Der Großvater sagt, alles ist wahr. Ist wirklich so gewesen.«

4

All das liegt weit zurück. Vor langer, langer Zeit, als es auf Erden mehr Wald gab als Gras und in unserer Gegend mehr Wasser als Land, lebte ein kirgisischer Stamm am Ufer eines großen und kalten Flusses. Der hieß Enessai. Er fließt fern von hier, in Sibirien. Zu Pferd braucht man bis dahin drei Jahre und drei Monate. Heute heißt der Fluß Jenissej, doch damals wurde er Enessai genannt. Daher lautet auch ein Lied:

> *Gibt es einen Fluß, breiter als du, Enessai,*
> *gibt es ein Land, vertrauter als du, Enessai?*
> *Gibt es ein Leid, tiefer als du, Enessai,*
> *gibt es eine Freiheit, freier als du, Enessai?*
>
> *Keinen Fluß gibt es, breiter als du, Enessai,*
> *kein Land gibt es, vertrauter als du, Enessai,*
> *kein Leid gibt es, tiefer als du, Enessai,*
> *keine Freiheit gibt es, freier als du, Enessai...*

So war er, der Fluß Enessai.

Verschiedene Völker siedelten damals am Enessai. Sie hatten es schwer, denn sie lebten unter ständigen Feindseligkeiten. Viele Feinde umgaben den kirgisischen Stamm. Bald überfielen ihn die einen, bald die anderen, dann wiederum unternahmen die Kirgisen selbst einen Überfall, trieben Vieh weg, zündeten Wohnstätten an, töteten Menschen. Töteten alle, die sie töten konnten – so waren nun mal die Zeiten. Keiner hatte Mitleid mit seinem Mitmenschen. Einer vernichtete den anderen. Schließlich gab es keinen mehr, der Getreide gesät, Vieh gezüchtet und Wild gejagt hätte. Leichter war es nun, von Raubzügen zu leben: Man kam, tötete und heimste ein. Jeder Mord aber verlangte nach noch mehr

Blut und jede Rache nach noch größerer Rache. Immer mehr Blut wurde vergossen. Den Menschen hatte sich der Verstand getrübt. Niemand fand sich, der die Feinde versöhnt hätte. Als der Klügste und Beste galt der, dem es gelang, den Feind zu überlisten, einen fremden Stamm bis zum letzten Mann hinzumetzeln und Herden und Reichtümer an sich zu reißen.

In der Taiga zeigte sich ein sonderbarer Vogel. Mit klagender Menschenstimme sang und weinte er jede Nacht bis zum Morgengrauen, und während er von Ast zu Ast flog, sagte er immer wieder: »Es gibt ein großes Unglück! Es gibt ein großes Unglück!« So kam es auch, ein schrecklicher Tag brach an.

An dem Tag geleitete der kirgisische Stamm am Enessai seinen alten Anführer zur letzten Ruhe. Viele Jahre hatte der Recke Kultsche sie befehligt, in viele Feldzüge war er gezogen, in vielen Schlachten hatte er gekämpft. Die Gefechte hatte er unversehrt überstanden, doch nun war seine Todesstunde gekommen. Zwei Tage trauerten seine Stammesgenossen, am dritten Tag versammelten sie sich, um die Gebeine des Recken der Erde zu übergeben. Nach altem Brauch mußte der Körper des Anführers auf seinem letzten Weg am Ufer des Enessai entlanggetragen werden, über Felswände und an Steilhängen vorbei, damit die Seele des Verstorbenen von dem darunter vorbeiströmenden mütterlichen Enessai Abschied nehmen konnte, denn »Ene« heißt Mutter und »Sai« Fluß. Damit seine Seele zum letztenmal das Lied vom Enessai sang:

> *Gibt es einen Fluß, breiter als du, Enessai,*
> *gibt es ein Land, vertrauter als du, Enessai?*
> *Gibt es ein Leid, tiefer als du, Enessai,*
> *gibt es eine Freiheit, freier als du, Enessai?*
>
> *Keinen Fluß gibt es, breiter als du, Enessai,*
> *kein Land gibt es, vertrauter als du, Enessai,*

kein Leid gibt es, tiefer als du, Enessai,
keine Freiheit gibt es, freier als du, Enessai...

Auf dem Begräbnishügel, vor dem offenen Grab, mußte der Recke hoch über die Köpfe gehoben werden, alle vier Himmelsrichtungen mußte man ihm dort zeigen. »Da ist dein Fluß. Da ist dein Himmel. Da ist dein Land. Da sind wir, vom gleichen Stamm wie du. Wir sind gekommen, dir das Geleit zu geben. Ruhe sanft.« Damit spätere Generationen sich seiner erinnerten, wurde ein großer Stein auf das Grab gewälzt.

Für die Tage der Bestattung stellte man die Jurten des ganzen Stamms am Ufer entlang auf, damit sich jede Familie vor ihrer Schwelle von dem Recken verabschieden konnte, wenn sein Körper zur Beerdigung getragen wurde; jammernd und weinend würden sie dann die weiße Trauerfahne zur Erde senken, würden sich dem Trauerzug auf seinem Weg zur nächsten Jurte anschließen, wo unter Klagen und Weinen wieder eine weiße Trauerfahne gesenkt würde, und so ginge es bis zum Ziel des Zuges, bis zum Begräbnishügel.

Als am Morgen jenes Tages die Sonne aufging, waren alle Vorbereitungen abgeschlossen. Bereitgestellt waren die Buntschuk, die Stangen mit den Roßschweifen, bereitgestellt die Kampfrüstung des Recken – Schild und Speer. Sein Pferd trug schon die Totendecke. Die Trompeter warteten auf das Signal, die Kriegstrompeten, die Karnai, zu blasen; Trommler darauf, ihre Trommeln, die Dobulbas, so zu schlagen, daß die Taiga erbebte, daß die Vögel als Wolke in den Himmel stoben und lärmend und stöhnend dort kreisten, daß die Raubtiere mit wildem Gebrüll durch dichtes Gestrüpp rannten, daß das Gras sich an die Erde preßte, daß das Echo zwischen den Bergen rollte und die Berge erzitterten. Die Klageweiber hatten schon die Haare gelöst, um unter Tränen den Recken Kultsche zu preisen. Dshigiten waren auf ein Knie gesunken, um seine sterbliche Hülle auf ihre starken Schultern zu heben. Alle waren sie bereit, warteten darauf, den Recken hinauszutragen. Am Waldrand aber waren neun Opferstuten angebunden, neun Opfertiere und neunmal neun Opferschafe für das Totenmahl.

Da geschah etwas Unvorhergesehenes. Wieviel gegenseitige Feindschaften es am Enessai auch geben mochte, bei der Bestattung eines Anführers war es nicht Brauch, gegen den Nachbarn ins Feld zu ziehen. Jetzt aber stürmten feindliche Horden, die im Morgengrauen unbemerkt das in Trauer versunkene Kirgisenlager umzingelt hatten, von allen Seiten so überraschend aus der Deckung, daß niemand sich in den Sattel schwingen, niemand zur Waffe greifen konnte. Es begann ein nie dagewesenes Gemetzel. Einer nach dem anderen wurde erschlagen. So hatten es die Feinde geplant, um mit einem Schlag den verwegenen Stamm der Kirgisen auszurotten. Sie töteten alle bis auf den letzten Mann, damit keiner sich später an den Frevel erinnern, keiner Rache üben konnte, damit die Zeit wie Flugsand die Spuren der Vergangenheit verwehte. Ein für allemal.

Lange dauert es, ehe ein Mensch geboren und aufgezogen ist – getötet ist er im Handumdrehn. Viele lagen bereits erschlagen in Lachen von Blut, viele hatten sich in den Fluß gestürzt, um sich vor den Schwertern und Lanzen zu retten, und versanken in den Wogen des Enessai. Entlang des Ufers aber, auf Steilhängen und Felswänden, loderten werstweit in hellen Flammen die kirgisischen Jurten. Niemandem war es gelungen zu fliehen, niemand war am Leben geblieben. Alles war zerstört und verbrannt. Die Körper der Getöteten wurden von den Steilhängen in den Enessai geworfen. Die Feinde jubelten: »Jetzt sind wir die Herren dieses Landes! Die Herren dieser Wälder! Die Herren dieser Herden!«

Mit reicher Beute zogen die Feinde ab und bemerkten nicht, wie aus dem Wald zwei Kinder zurückkamen – ein Junge und ein Mädchen. Die unfolgsamen und vorwitzigen Kleinen waren am Morgen heimlich den Eltern davongelaufen, um im nahegelegenen Wald Lindenbast für Körbe abzureißen. Beim Spielen hatten sie nicht gemerkt, wie sie tief in Waldesdickicht gerieten. Als sie dann den vom Gemetzel verursachten Lärm und das Geschrei hörten und zurückrannten, trafen sie weder ihre Väter noch ihre Mütter lebend an, weder die Brüder noch die Schwestern. Die Kinder waren ohne Familie, ohne Stamm geblieben. Weinend liefen sie von einer Brandstätte zur anderen, aber nirgends war auch nur eine Menschenseele. Mit einemmal waren sie zu Waisen geworden. Auf der ganzen Welt waren sie mutterseelenallein. In der Ferne ballten sich Staubwolken, die Feinde trieben die Pferde- und Schafherden, die sie bei dem blutigen Überfall erbeutet hatten, in ihr Herrschaftsgebiet.

Die Kinder sahen den von den Hufen aufgewirbelten Staub und rannten hinterdrein. Weinend und rufend liefen die zwei Kinder hinter den grausamen Feinden her. Nur Kinder konnten so etwas tun. Statt sich vor den Mördern zu verstecken, liefen sie ihnen nach. Nur nicht allein bleiben, nur fort von dem verfluchten Ort des Blutbades. Hand in Hand liefen der Junge und das Mädchen hinter dem Beutezug her, baten die Räuber, zu warten und sie mitzunehmen. Aber waren denn ihre schwachen Stimmen im Getöse, Wiehern und Stampfen, im wilden Lauf der weggetriebenen Tiere zu hören?

Lange liefen der Junge und das Mädchen in heller Verzweiflung. Sie holten die Davonziehenden nicht ein. Dann fielen sie zu Boden. Sie hatten Angst, sich umzusehen, hatten Angst, sich zu rühren. Ihnen graute. Eng aneinandergepreßt, merkten sie nicht, wie sie einschliefen.

Nicht ohne Grund heißt es, eine Waise hat sieben Geschicke. Die Nacht überstanden sie wohlbehalten. Kein Raubtier fiel sie an, kein Waldunhold schleppte sie weg. Als sie erwachten, war bereits Morgen. Die Sonne schien. Vögel sangen. Die Kinder standen auf und gingen wieder der Spur des Beutezugs nach. Unterwegs sammelten sie Beeren und Wurzeln. Sie gingen und gingen, am dritten Tag aber machten sie auf einem Berg halt. Sie sahen, unten auf einer grünen Wiese fand ein großes Gelage statt. Unzählige Jurten standen da, unzählige Feuerstellen rauchten, unzählige Menschen drängten sich um die Feuer. Mädchen wiegten sich auf Schaukeln und sangen Lieder. Kräftige Burschen umkreisten einander zur Belustigung des Volks wie Königsadler, warfen einander zu Boden. So feierten die Feinde ihren Sieg.

Der Junge und das Mädchen standen auf dem Berg und trauten sich nicht näher heran. Und doch wären sie gar zu gern am Lagerfeuer gewesen, wo es so gut nach gebratenem Fleisch, Brot und Wildzwiebeln roch. Schließlich hielten sie es nicht mehr länger aus und stiegen den Berg hinunter. Verwundert umringten die Feiernden die beiden.

»Wer seid ihr? Woher kommt ihr?«

»Wir haben Hunger«, antworteten der Junge und das Mädchen. »Gebt uns zu essen.«

An der Sprache erkannten sie, was das für Kinder waren. Lärm und Geschrei erhob sich. Streit entbrannte: Sollten sie die gestern davongekommene feindliche Brut sofort töten oder sie zum Chan bringen? Während sie noch stritten, hatte eine mitleidige Frau den Kindern je ein Stück gekochtes Pferdefleisch zugesteckt. Man zerrte sie zum Chan, sie aber aßen und aßen. Man führte sie in eine hohe rote Jurte, vor der eine Wache mit silbernen Äxten stand. Im Lager verbreitete sich inzwischen die beunruhigende Nachricht, Kinder des Kirgisenstammes seien irgendwoher aufgetaucht. Was hatte das zu bedeuten? Alle ließen von ihren Spielen und dem Gelage ab und eilten in hellen Scharen zur Jurte des Chans. Der aber thronte zu dieser Stunde mit seinen angesehenen Kriegern auf einer schneeweißen Filzmatte. Er trank mit Honig gesüßten Kumys und lauschte Lobgesängen. Als der Chan erfuhr, weshalb sie zu ihm gekommen waren, packte ihn wilde Wut. »Wie könnt ihr es wagen, mich zu belästigen? Haben wir nicht den kirgisischen Stamm restlos ausgerottet? Habe ich euch nicht für allezeit zu Herrschern über den Enessai gemacht? Warum kommt ihr angelaufen, ihr Schlappschwänze? Seht ihr nicht, wer vor euch steht? He, Blatternarbige Lahme Alte!« rief er. Als diese aus der Menge hervortrat, sagte er zu ihr: »Bring sie in die Taiga, und sorge dafür, daß der kirgisische Stamm ausgelöscht wird, daß niemand sich seiner fortan erinnert, daß sein Name für alle Zeiten vergessen ist. Verschwinde, Blatternarbige Lahme Alte, und tu, was ich dich geheißen!«

Schweigend gehorchte die alte Frau; sie nahm den Jungen und das Mädchen an der Hand und führte sie weg. Lange gingen sie durch Wald, dann aber kamen sie am Ufer des Enessai auf einem hohen Steilhang heraus. Hier hielt die Blatternarbige Lahme Alte, stellte die Kleinen nebeneinander an den Rand des Abgrunds und sagte, bevor sie sie hinunterstieß: »O großer Fluß Enessai! Stürzt man einen Berg in deine Tiefe, dann verschwindet er wie ein Stein. Wirft man eine hundertjährige Kiefer hinunter, dann trägst du sie fort wie einen Span. Nimm zwei winzige Sandkörnchen in deine Fluten auf – zwei Menschenkinder. Auf Erden ist für sie kein Platz. Muß ich es dir erklären, Enessai? Würden die Sterne zu Menschen, dann würde ihnen der Himmel nicht reichen. Würden die Fische zu Menschen, dann würden ihnen die Flüsse und Meere nicht reichen. Muß ich dir das erklären, Enessai? Nimm sie, trag sie davon. Mögen sie unsere widerwärtige Welt in jungen Jahren reinen Herzens verlassen, mit kindlichem, von keinen bösen Vorsätzen und Taten beflecktem Gewissen, auf daß sie nie menschliches Leid erfahren und selber andern keins zufügen. Nimm sie, nimm sie, großer Enessai...«

Der Junge und das Mädchen weinten und schluchzten. Was kümmerten sie die Worte der Alten, wenn allein der Blick von der Steilwand zum Fürchten war! Tief unten rollten wilde Wogen.

»Umarmt euch ein letztes Mal, Kinderchen, nehmt Abschied«, sagte die Blatternarbige Lahme Alte. Sie krempelte sich die Ärmel auf, um die Kinder leichter hinunterzustoßen, und sagte: »Verzeiht mir, Kinder. Das Schicksal will es so. Auch wenn ich nicht aus freiem Willen handle – es ist für euch so am besten.«

Kaum hatte sie das gesagt, da ertönte neben ihr eine Stimme: »Warte, große weise Frau, bring keine unschuldigen Kinder um.«

Als sich die Blatternarbige Lahme Alte umsah, erstarrte sie vor Verwunderung: Vor ihr stand eine Hirschkuh, ein Maralmuttertier. Mit großen Augen blickte sie die Frau vorwurfsvoll und traurig an. Die Hirschkuh war weiß wie die erste Milch eines jungen Muttertiers, der Bauch wollig braun wie bei einem kleinen Kamel. Das Geweih – eine Pracht – war weit verzweigt wie das Geäst von herbstlichen Bäumen. Das Euter aber rein und glatt wie die Brüste einer stillenden Frau.

»Wer bist du? Wieso sprichst du wie ein Mensch?« fragte die Blatternarbige Lahme Alte.

»Ich bin eine Hirschmutter«, entgegnete sie. »Und gesprochen habe ich so, weil du mich sonst nicht verstanden, nicht auf mich gehört hättest.«

»Was willst du, Hirschmutter?«

»Laß die Kinder frei, große weise Frau. Ich bitte dich, gib sie mir.«

»Weshalb willst du sie?«

»Die Menschen haben meine beiden Hirschkälber getötet. Ich suche mir andere Kinder.«

»Willst du sie aufziehen?«

»Ja, große weise Frau.«

»Hast du dir das auch gut überlegt, Hirschmutter?« Die Blatternarbige Lahme Alte lachte auf. »Es sind doch Menschenkinder. Wenn sie groß sind, werden sie deine Hirschkälber töten.«

»Wenn sie groß sind, werden sie meine Hirschkälber nicht töten«, entgegnete die Maralmutter. »Ich werde ihnen eine Mutter sein, und sie werden meine Kinder sein. Werden sie denn ihre Brüder und Schwestern töten?«

»Ach, sag das nicht, Hirschmutter, du kennst die Menschen nicht!« Die Blatternarbige Lahme Alte wiegte das Haupt. »Die haben nicht einmal mit ihresgleichen Mitleid, ganz zu schweigen von den Tieren des Waldes. Ich würde dir ja die

Waisen geben, damit du selber erlebst, daß ich recht habe, aber die Menschen werden auch diese Kinder bei dir töten. Warum willst du dir solches Leid antun?«

»Ich bringe die Kinder in ein fernes Land, wo niemand sie findet. Verschone die Kinder, große weise Frau, gib sie frei. Ich will ihnen eine treue Mutter sein. Mein Euter ist prall. Meine Milch sehnt sich nach Kindern. Meine Milch fleht um Kinder.«

»Nun gut, wenn es so ist«, sprach die Blatternarbige Lahme Alte nach kurzem Nachdenken, »dann bring sie möglichst schnell weg. Bring sie in dein fernes Land. Wenn sie aber auf dem weiten Weg zugrunde gehn, wenn Wegelagerer sie töten, wenn es dir deine Menschenkinder mit schnödem Undank vergelten, dann bist du selber schuld.«

Die Hirschmutter bedankte sich bei der Blatternarbigen Lahmen Alten. Zu dem Jungen und dem Mädchen aber sagte sie: »Jetzt bin ich eure Mutter, und ihr seid meine Kinder. Ich bringe euch in ein fernes Land, wo inmitten schneebedeckter waldiger Berge ein heißer See liegt – der Issyk-Kul.«

Da freuten sich der Junge und das Mädchen. Munter liefen sie hinter der Gehörnten Hirschmutter her. Dann wurden sie müde, ermatteten, doch der Weg war weit, er führte von einem Ende der Welt zum anderen. Sie wären nicht weit gekommen, wenn die Gehörnte Hirschmutter sie nicht mit ihrer Milch genährt, nicht des Nachts mit ihrem Körper gewärmt hätte. Lange gingen sie. Immer weiter blieb die alte Heimat, der Enessai, zurück; aber auch zur neuen Heimat, zum Issyk-Kul, war es noch sehr weit. Einen Sommer und einen Winter, einen Frühling, einen Sommer und einen Herbst, noch einen Sommer und einen Winter ging es durch Waldesdickicht und Steppenglut, durch Wüstensand, über Bergeshöhn und Wildwasser. Wolfsrudel verfolgten sie, doch die Gehörnte Hirschmutter nahm die Kinder auf ihren Rücken und trug sie hinweg von den wilden Tieren. Berittene Jäger mit Pfeilen verfolgten sie und schrien: »Die Hirschkuh hat Menschenkinder geraubt! Haltet sie! Fangt sie!« Sie schickten ihnen Pfeile nach, aber auch von den ungebetenen Rettern trug die Gehörnte Hirschmutter die Kinder weg. Schneller als ein Pfeil lief sie und flüsterte nur: »Haltet euch schön fest, meine Kinder, sie setzen uns nach!«

Endlich hatte die Gehörnte Hirschmutter ihre Kinder zum Issyk-Kul gebracht. Sie standen auf einem Berg und machten große Augen. Rundum verschneite Gebirgsketten und inmitten der Berge, von grünem Wald umgeben, so weit das Auge reichte, ein Meer. Weiße Wogen liefen über das blaue Wasser, Wind kam von weit her und trieb sie in die Ferne. Weder ein Anfang noch ein Ende des Meeres war zu erkennen. Auf der einen Seite ging die Sonne auf, auf der andern war noch Nacht. Wieviel Berge den Issyk-Kul umgeben – wer kann sie zählen? Wieviel andere, genauso verschneite Berge hinter diesen Bergen ragen – wer kann das erraten?

»Das ist eure neue Heimat«, sagte die Gehörnte Hirschmutter. »Hier werdet ihr leben, Land pflügen, Fische fangen und Vieh züchten. Lebt hier in Frieden viele tausend Jahre. Möge euer Geschlecht fruchtbar sein und sich mehren. Und mögen eure Nachkommen die Sprache nicht vergessen, die ihr hierhergebracht habt, mögen sie Freude daran finden, in ihrer eigenen Sprache zu sprechen und zu singen. Lebt, wie Menschen leben sollten, ich aber werde allezeit bei euch sein – mit euch und euern Kindeskindern.«

So fanden der Junge und das Mädchen, die Letzten des kirgisischen Stammes, eine neue Heimat am segensreichen, unvergänglichen Issyk-Kul.

Schnell verrann die Zeit. Der Junge wurde ein kräftiger Mann und das Mädchen eine reife Frau. Die Gehörnte Hirschmutter aber verließ den Issyk-Kul nicht, sie lebte in den dortigen Wäldern.

Eines frühen Morgens begann der Issyk-Kul unversehens zu stürmen und zu tosen. Bei der Frau hatten die Wehen eingesetzt, sie quälte sich. Den Mann packte die Angst. Er rannte auf einen Felsen und schrie laut: »Wo bist du, Gehörnte Hirschmutter? Hörst du den Issyk-Kul tosen? Deine

Tochter liegt in den Wehen. Komm schnell, Gehörnte Hirschmutter, hilf uns!«

Da erklang in der Ferne ein melodisches Klingen, es hörte sich an, als klingele ein Karawanenglöckchen. Immer näher kam der Klang. Die Gehörnte Hirschmutter kam herbei. Auf ihrem Geweih, an einem Spannbügel aufgehängt, brachte sie eine Kinderwiege. Sie war aus weißer Birke, und am Bügel klingelte ein silbernes Glöckchen. Noch heute klingelt so ein Glöckchen an den Wiegen vom Issyk-Kul. Wenn eine Mutter ihr Kind wiegt, klingelt das silberne Glöckchen, als käme von weit her die Gehörnte Hirschmutter herbeigeeilt, eine Birkenwiege auf ihrem Geweih...

Sowie die Gehörnte Hirschmutter auf den Ruf hin erschienen war, brachte die Frau ein Kind zur Welt.

»Diese Wiege ist für euern Erstgeborenen bestimmt«, sagte die Gehörnte Hirschmutter. »Ihr werdet viele Kinder haben. Sieben Söhne und sieben Töchter!«

Da freuten sich Vater und Mutter. Zu Ehren der Gehörnten Hirschmutter nannten sie ihren Erstling Bugubai. Bugubai wuchs heran, nahm ein schönes Mädchen aus dem Stamm der Kiptschaken zur Frau und begründete das Geschlecht der Bugu, das Geschlecht der Gehörnten Hirschmutter. Groß und stark wurden die Bugu am Issyk-Kul. Sie verehrten die Gehörnte Hirschmutter wie eine Heilige. Über dem Eingang zu den Jurten der Bugu wurde ein Zeichen gestickt – ein Maralgeweih, damit schon von fern zu sehen war, daß die Jurte dem Bugu-Stamm gehörte. Sooft die Bugu feindliche Angriffe abwehrten oder sich an Pferderennen beteiligten, erklang der Ruf »Bugu!« Und stets gingen die Bugu als Sieger hervor. In den Wäldern am Issyk-Kul aber lebten damals gehörnte weiße Marale, die von den Sternen am Himmel um ihre Schönheit beneidet wurden.

Es waren die Kinder der Gehörnten Hirschmutter. Niemand rührte sie an, niemand ließ zu, daß ihnen Böses geschah. Wenn ein Bugu einen Maral sah, stieg er vom Pferd und gab ihm den Weg frei.

Die Schönheit eines Mädchens wurde mit der Schönheit eines weißen Marals verglichen.

So war es, bis ein steinreicher, angesehener Bugu starb. Er hatte Tausende und aber Tausende Schafe, Tausende und aber Tausende Pferde besessen, und alle Leute weit und breit waren bei ihm Hirten gewesen. Seine Söhne richteten für ihn eine große Totenfeier. Dazu luden sie die berühmtesten Leute aus allen Ländern der Erde. Für die Gäste wurden tausendeinhundert Jurten am Ufer des Issyk-Kul aufgestellt. Nicht zu beschreiben, wieviel Vieh geschlachtet wurde, wieviel Kumys getrunken, wieviel kaschgarische Speisen aufgetragen wurden. Die Söhne des Reichen protzten – mochten die Leute nur sehen, wie wohlhabend und großzügig seine Erben waren, welche Achtung sie dem Verstorbenen zollten, wie sie sein Andenken ehrten. (»O weh, mein Sohn, schlimm ist es, wenn Leute sich nicht durch Verstand, sondern durch ihren Reichtum hervortun!«)

Die Sänger aber ritten auf Vollblutpferden, die ihnen die Söhne des Verstorbenen geschenkt hatten, putzten sich mit geschenkten Zobelfellmützen und Seidenmänteln und rühmten um die Wette den Verstorbenen und dessen Erben.

»Wo unter der Sonne hat man je ein so glückliches Leben, ein so üppiges Totenmahl gesehen?« sang der eine.

»Noch nie hat es seit der Schöpfung Vergleichbares gegeben!« sang ein zweiter.

»Nur bei uns achtet man so die Eltern, erweist man dem Andenken der Eltern solche Ehre, preist man sie so, ehrt man so ihre heiligen Namen«, sang ein dritter.

»He, ihr Sänger, ihr Schönredner, was schreit ihr so! Gibt es auf Erden denn Worte, die dieser Großzügigkeit, die dem Ruhm des Verstorbenen gerecht würden?« sang ein vierter.

So wetteiferten sie Tag und Nacht. (»O weh, mein Sohn, schlimm ist es, wenn Sänger in Lobeshymnen wetteifern, dann werden sie zu Feinden des Liedes!«)

Viele Tage währte die berühmte Totenfeier, wurde sie wie ein Fest begangen. Die dünkelhaften Söhne des Reichen wollten unbedingt alle anderen in den Schatten stellen, wollten alle anderen übertreffen, damit ihr Ruhm durch die ganze Welt eile. Sie ließen es sich einfallen, am Grabmal des Vaters ein Maralgeweih anzubringen, damit alle sahen, daß hier das Grab ihres ruhmreichen Ahnen aus dem Geschlecht der Gehörnten Hirschmutter war. (»O weh, mein Sohn, schon in uralten Zeiten sagten die Leute, Reichtum bringe Dünkel hervor, Dünkel aber Unvernunft.«)

Die Söhne des Reichen wollten dem Andenken des Vaters diese unerhörte Ehre erweisen, und nichts hielt sie zurück. Gesagt, getan. Sie schickten Jäger aus, die einen Maral töteten und ihm das Geweih abschlugen. Das Geweih aber hatte eine Ausdehnung wie die Flügel eines Adlers im Flug. Den Söhnen gefiel das Maralgeweih mit den jeweils achtzehn Sprossen – also war das Tier achtzehn Jahre alt. Nicht schlecht! Sie befahlen ihren Handwerksmeistern, das Geweih an der Grabstätte anzubringen.

Alte Männer aus dem Stamm empörten sich: »Mit welchem Recht habt ihr den Maral getötet? Wer hat es gewagt, die Hand gegen die Nachkommen der Gehörnten Hirschmutter zu erheben?«

Doch die Erben des Reichen entgegneten ihnen: »Der Maral wurde auf unserem Land getötet. Alles, was auf unseren Ländereien kreucht und fleugt – von der Fliege bis zum Kamel –, ist unser. Wir wissen selber, was wir mit dem zu tun haben, was uns gehört. Schert euch weg.«

Ihre Diener peitschten die alten Männer aus, setzten sie verkehrt herum auf die Pferde und jagten sie mit Schimpf und Schande davon.

Das war der Anfang. Großes Unglück brach nun über die Nachkommen der Gehörnten Hirschmutter herein. Fast jeder begann in den Wäldern auf weiße Marale Jagd zu machen. Jeder Bugu hielt es für seine Pflicht, an den Grabstätten seiner Vorfahren Maralgeweihe anzubringen. Damit, so meinten sie, würden sie das Andenken der Verstorbenen besonders ehren. Und wer kein Geweih aufzutreiben vermochte, der wurde für ehrlos gehalten. Man handelte mit Maralgeweihen, besorgte sie sich auf Vorrat. Menschen aus dem Geschlecht der Gehörnten Hirschmutter tauchten auf, für die es zu ihrem Geschäft wurde, Maralgeweihe zu erwerben und für Geld zu verkaufen. (»O weh, mein Sohn, wo Geld ist, finden ein gutes Wort und Schönheit keinen Platz.«)

Eine schlimme Zeit brach an für die Marale in den Wäldern am Issyk-Kul. Die Leute kannten keine Schonung. Die Marale suchten auf unzugänglichen Felsen Zuflucht, doch auch dort waren sie nicht sicher. Meuten von Jagdhunden wurden auf sie gehetzt, damit sie verborgenen Schützen zugetrieben wurden, die sie dann samt und sonders töteten. Herdenweise gingen die Marale zugrunde, wurden sie ausgerottet. Wetten wurden geschlossen, wer die Geweihe mit den meisten Sprossen erbeuten würde.

Bald gab es keine Marale mehr. Die Berge veröden. Weder um Mitternacht noch im Morgengrauen war ein Maral zu hören. Weder im Wald noch auf einer Wiese konnte man sehen, wie ein Maral äste, wie er, das Geweih zurückgeworfen, dahinjagte, über eine Schlucht setzte gleich einem Vogel im Flug. Menschen wurden geboren, die ihr Leben lang nie einen Maral zu Gesicht bekamen. Sie hörten nur Märchen von ihnen und sahen Geweihe an Grabstätten. Was aber wurde aus der Gehörnten Hirschmutter?

Tief hatten die Menschen sie gekränkt. Es heißt, als die Marale sich vor Kugeln und Jagdhunden überhaupt nicht mehr retten konnten, als man die überlebenden Tiere schon an den Fingern abzählen konnte, sei die Gehörnte Hirschmutter auf den höchsten Gipfel geklettert, habe Abschied genommen vom Issyk-Kul und ihre letzten Kinder über einen großen Paß in ein anderes Land, in andere Berge geführt.

Solche Dinge geschehen auf Erden. Und das ist das ganze Märchen. Ob du es glaubst oder nicht.

Und als die Gehörnte Hirschmutter wegging, sagte sie, sie werde nie wieder zurückkommen...

5

Wieder war Herbst in den Bergen. Wieder stimmte sich nach einem lauten Sommer alles auf herbstliche Stille um. Der weit und breit vom Viehabtrieb aufgewirbelte Staub hatte sich gelegt, die Lagerfeuer waren erloschen. Die Herden waren für den Winter weggezogen. Weggezogen waren auch die Menschen. Die Berge waren verödet.

Einzeln flogen nun schon die Adler, selten erklangen ihre Schreie. Dumpfer rauschte das Wasser im Fluß – er hatte sich sommersüber an sein Bett gewöhnt, war gefügig und seichter geworden. Das Gras wuchs nicht mehr. Die Blätter waren es müde, sich an den Zweigen festzuhalten, sie fielen hier und da schon ab.

Auf die höchsten Berggipfel legte sich nachts bereits silbriger Neuschnee. Gegen Morgen wurden die dunklen Gebirgsketten grau wie die Nacken von Schwarzfüchsen.

Der Wind in den Felsschluchten kühlte ab, wurde eisig. Aber noch waren die Tage hell und trocken.

Die Wälder jenseits des Flusses, gegenüber der Försterei, färbten sich schnell herbstlich. Vom Fluß und weiter hinauf, bis an die Grenze des Schwarzen Waldes, zog sich durch den steil ansteigenden Jungwald eine rauchlose Lohe. Am farbenprächtigsten – rotbraun bis purpurrot – flammte das Espen- und Birkendickicht, es reichte hoch hinauf bis an die schneeigen Bergregionen des Waldes, ans Reich der düsteren Kiefern und Fichten.

Im Wald war es rein wie immer und streng wie in einem Gotteshaus. Nur feste braune Stämme, nur trockener Harzgeruch, nur ein lückenloser Teppich aus braunen Nadeln unter den Bäumen. Nur Wind, der unhörbar in den Wipfeln der alten Kiefern spielte.

Heute aber schrien über den Bergen vom frühen Morgen an aufgescheuchte Dohlen. Ein wütend krächzender großer Schwarm kreiste ständig über dem Kiefernwald. Die Vögel waren von Axtschlägen in Aufregung geraten, nun schrien sie um die Wette, als hätte man sie am hellichten Tag beraubt, und verfolgten zwei Männer, die eine gefällte Kiefer den Berg hinunterzogen.

Sie zogen den Stamm mit einer Pferdeschleppe bergab. Oroskul ging voran, er hielt das Pferd am Zaum. Verdrossen dreinschauend, mit dem Mantel an Sträuchern hängenbleibend, ging er, schwer atmend wie ein Ochse in der Furche. Hinter dem Stamm folgte ihm stolpernd Großvater Momun. Auch ihm machte die Höhenluft Beschwerden, er keuchte. In den Händen hielt er eine Birkenholzstange, mit der er immer wieder den Stamm anhob. Der blieb bisweilen bei Baumstümpfen oder bei Steinen stecken. Und an den Hängen wollte er sich quer legen und hinunterrollen. Das hätte unvermeidlich ein Unglück gegeben – er hätte jeden zerschmettert.

Gefährlicher war es für den, der die Stange handhabte – aber wer war hier sicher? Oroskul war schon ein paarmal von der Pferdeschleppe weggesprungen, und jedesmal packte ihn die Scham, wenn er sah, wie der alte Mann unter Lebensgefahr den Stamm am Hang festhielt und wartete, bis Oroskul zum Pferd zurückkehrte und es am Zaum nahm. Aber schließlich heißt es nicht von ungefähr: Wer seine Schande verbergen will, muß einen andern bloßstellen.

»Willst du mich ins Jenseits befördern?« brüllte Oroskul den Schwiegervater an.

Weit und breit war keine Menschenseele, die ihn hören oder verurteilen konnte: Wo hat man schon gesehn, daß einer mit einem alten Mann so umspringt?

Der Schwiegervater erwiderte schüchtern, er könne doch selbst unter den Stamm geraten – warum schreie Oroskul ihn so an, als mache er alles vorsätzlich?

Das verdroß Oroskul noch mehr.

»Du bist mir einer!« brauste er auf. »Wenn er dich zerschmettert, hast du schließlich dein Leben hinter dir. Was macht es dir schon aus? Geh ich aber drauf, wer nimmt dann deine kinderlose Tochter? Wer braucht sie schon – so unfruchtbar wie dem Teufel seine Reitpeitsche?«

»Du hast einen schwierigen Charakter, mein Sohn. Hast keine Achtung vor den Menschen«, entgegnete Momun.

Oroskul blieb sogar stehen und maß den alten Mann mit einem Blick.

»Alte wie du liegen längst beim Ofen und wärmen sich den Hintern an der Asche. Du aber kriegst Lohn, wie groß er auch sein mag. Und woher? Von mir. Was für eine Achtung verlangst du noch?«

»Ist ja gut, ich hab's nur so dahingesagt«, gab Momun klein bei.

Sie gingen weiter. Nachdem sie noch einen Hang bewältigt hatten, machten sie an einer Böschung halt, um zu verschnaufen. Das Pferd war schweißnaß und voller Schaum.

Die Dohlen hatten sich nicht beruhigt, kreisten immer noch. Zahllos waren sie, und sie lärmten so, als hätten sie sich vorgenommen, den ganzen Tag nur zu schreien.

»Sie spüren einen frühen Winter«, sagte Momun, um das Thema zu wechseln und Oroskuls Zorn zu besänftigen. »Sammeln sich zum Abflug. Sie mögen es nicht, wenn sie dabei gestört werden«, setzte er hinzu, als müsse er sich für die unvernünftigen Vögel entschuldigen.

»Wer stört sie denn?« Schroff drehte sich Oroskul um. Und lief plötzlich rot an. »Du spinnst ja, Alter«, sagte er leise mit drohendem Unterton.

Sieh mal an, dachte er, was für eine Anspielung! Das soll doch heißen, wegen seiner Dohlen darf ich keine Kiefer anrühren und keinen Zweig abschlagen? Von wegen! Noch bin ich hier der Herr! Er schoß einen Blick auf den lärmenden Schwarm. Ein Maschinengewehr müßte ich haben! Dann wandte er sich ab und fluchte unflätig.

Momun schwieg. Er konnte sich an die wüsten Flüche des

Schwiegersohns nicht gewöhnen. Wieder hat es ihn erwischt, dachte er traurig. Wenn er trinkt, wird er zur Bestie. Wenn er einen Katzenjammer hat, muß ich auch den Mund halten. Warum werden die Leute nur so? fragte sich Momun bekümmert. Du tust ihm Gutes, er tut dir Böses. Und schämt sich nicht, nimmt keine Vernunft an. Als müsse es so sein. Er denkt immer, er sei im Recht. Hauptsache, ihm geht es gut. Alle um ihn herum müssen ihm zu Diensten sein. Und wer nicht will, wird gezwungen. Gut noch, wenn so einer in den Bergen sitzt, im Wald, und nur ein paar Mann unter sich hat. Was aber, wenn er mehr Macht besäße? Gott verhüt's! Solche sterben aber nicht aus. Die bringen immer ihr Schäfchen ins trockene. Denen entgeht man nicht. Ständig wartet so einer auf dich, spürt dich auf. Damit er selber auf großem Fuß leben kann, saugt er dir das Mark aus den Knochen. Und kriegt Recht. Ja, die sterben nie aus...

»Na, genug rumgestanden«, unterbrach Oroskul die Überlegungen des alten Mannes. »Weiter!« befahl er.

Sie gingen wieder los.

Heute war Oroskul schon vom frühen Morgen an schlecht aufgelegt. Zu Tagesbeginn, als sie mit dem Werkzeug auf das andere Ufer zum Wald hätten übersetzen sollen, hatte Momun noch schnell den Enkel in die Schule gebracht. Total bescheuert war der Alte! Jeden Morgen sattelte er das Pferd und brachte den Bengel in die Schule, und dann ritt er wieder los, um ihn abzuholen. Kümmerte sich um den abgeschobenen Bankert. In die Schule dürfe er nicht zu spät kommen, na, so was! Wo sie doch hier viel Wichtiges zu tun hatten — weiß Gott, was überhaupt daraus wird —, und das soll warten können? »Ich bin im Handumdrehn wieder zurück«, sagt er, »es ist mir doch vor der Lehrerin peinlich, wenn der Junge zu spät kommt.« Vor der muß ihm grade etwas peinlich sein! Alter Dummkopf! Wer ist die schon, die Lehrerin? Fünf Jahre trägt die bereits denselben Mantel. Man sieht sie nur mit Heften und Taschen. Und immerzu steht sie als Anhalterin auf der Straße — immerzu braucht sie was in der Kreisstadt: mal Kohle für die Schule, mal Fensterscheiben, mal Kreide oder sogar Putzlappen. Geht denn eine ordentliche Lehrerin an so eine Schule? Einen schönen Namen haben sie sich für die ausgedacht – Zwergschule. Sie ist wirklich eine Zwergschule. Was für einen Sinn hat die schon? Die richtigen Lehrer sind in der Stadt. Da sind die Schulen ganz aus Glas. Die Lehrer tragen Krawatten. Und was für Natschalniks da durch die Straßen fahren! In was für Autos! Am liebsten würde man wie angewurzelt stehenbleiben und den Hals recken, bis sie vorübergefahren sind, die glänzenden schwarzen Limousinen! Die Stadtmenschen aber scheinen diese Autos gar nicht zu bemerken, die sind ewig in Eile, hasten irgendwohin. Ja, da in der Stadt, das ist ein Leben! Da müßte man sich einrichten. Da achten sie den Menschen nach seinem Posten. Es gehört sich so, also muß man ihn achten. Hat einer einen hohen Posten, dann genießt er auch mehr Achtung. Die Leute haben eben Kultur. Und wenn man irgendwo zu Besuch war oder ein Geschenk bekommen hat, muß man nicht gleich einen Stamm anschleppen oder dergleichen. So wie hier – da steckt dir einer einen halben Hunderter oder meinetwegen auch einen Hunderter zu, schafft das Holz weg und beschwert sich obendrein: Oroskul ist bestechlich – so was von Unkultur!

Ja, in die Stadt müßte ich ziehen! Dann könnte sie allesamt der Teufel holen, die Berge und Wälder, die dreimal verfluchten Stämme und die Frau, die taube Nuß, den begriffsstutzigen Alten mit diesem Grünschnabel, den er mit Samthandschuhen anfaßt, als wäre er sonstwas. Ach, ich würde in Seligkeit schwimmen wie ein sattes Pferd im Hafer! Alle würde ich sie zwingen, mich zu achten. »Oroskul Balashanowitsch, gestatten Sie, daß ich Ihr Amtszimmer betrete?« Und dann würde ich eine Städterin heiraten. Warum auch nicht? Vielleicht eine Schauspielerin, eine bildhübsche, die mit einem Mikrophon in der Hand singt und herumtanzt; es heißt ja, für die ist entscheidend, daß der Mann einen hohen Posten hat. Mit so einer würde ich Arm in Arm gehen und selber eine Krawatte tragen. Und dann ins Kino. Sie würde mit den Absätzen klappern und nach Parfüm duften. Den Passanten würde es in die Nase steigen. Bald würden dann auch Kinder kommen. Den Sohn würde ich Jurist werden lassen, die Tochter müßte Klavier spielen lernen. Stadtkinder erkennt man gleich – die sind gescheit. Zu Hause sprechen sie nur russisch – warum sollen sie sich den Kopf mit Worten aus dem Dorf vollstopfen? Seine Kinder würde er so erziehen: »Papi, Mami, ich will dies, ich will das...« Sollte er seinem Nachwuchs etwas abschlagen? Ach, er würde viele ausstechen, würde ihnen schon zeigen, wer er war! War er denn schlechter als die anderen? Sind die da oben etwa besser als er? Die sind auch nicht anders. Haben einfach Glück gehabt. Er aber nicht. Das Glück hat um ihn einen Bogen gemacht. Selber ist er daran schuld. Nach der Fachschule für Forstleute hätte er in der Stadt bleiben sollen, ein Technikum besuchen, vielleicht auch eine Hochschule. Er hatte es zu eilig gehabt, einen Posten zu ergattern. Nur einen kleinen zwar, aber immerhin einen Posten. Nun zieh in den Bergen herum, schlepp Stämme wie ein Lastesel! Und dann noch diese Dohlen. Was schreien sie nur und kreisen überall? Ach, ein Maschinengewehr müßte er hier haben...

Oroskul hatte allen Grund, sich zu ärgern. Den Sommer hatte er durchgezecht. Der Herbst nahte, mit dem Sommer aber ging die Zeit der Gastmahle bei den Schaf- und Pferdehirten zu Ende. Wie es im Lied heißt:

Verblüht sind die Blumen der Sommerweide,
Zeit ist's, nun talwärts zu ziehn.

Herbst – das hieß, Oroskul mußte sich jetzt für genossene Aufmerksamkeit und Bewirtungen erkenntlich zeigen, Schulden abzahlen und Versprechungen einlösen. Sogar Prahlereien holten ihn nun ein: »Was brauchst du? Zwei Kiefernrundhölzer als Tragbalken, weiter nichts? Das ist doch nicht der Rede wert! Komm und hol sie dir.«

Er hatte schwadroniert, Geschefke entgegengenommen und Wodka getrunken – jetzt aber zerrte er im Schweiße seines Angesichts, keuchend und alles auf Erden verfluchend, diese Rundhölzer durch die Berge. Wie sie ihm zuwider waren! Das ganze Leben war ihm zuwider. Plötzlich schoß ihm ein verzweifelter Gedanke durch den Kopf: Ich pfeif auf alles und hau ab. Doch im selben Augenblick war ihm klar, daß er das nicht tun würde, daß niemand ihn brauchte und er nirgends ein Leben finden würde, wie er es sich wünschte.

Er sollte nur versuchen, von hier wegzugehen oder das Versprochene nicht zu liefern! Seine eigenen Freunde und Kumpel würden ihn verraten. Das Volk ist ja heutzutage völlig verdorben. Vor zwei Jahren hatte er einem Verwandten aus dem Stamm der Bugu, der ihm ein Lamm geschenkt hatte, einen Kiefernstamm versprochen, aber im Herbst hatte er keine Lust, die Kiefer vom Berg zu holen. Gesagt ist so was schnell, aber versuch einer nur, hinaufzuklettern, die Kiefer abzusägen und herunterzuschaffen. Wenn der Baum obendrein über Jahrzehnte alt ist, mußt du dich um so mehr schinden. Für kein Geld willst du dann so eine Arbeit anpacken. Damals aber war gerade der alte Momun krank geworden und lag im Bett. Oroskul hätte also allein damit fertig werden müssen – obendrein kommt in den Bergen niemand mit einem Stamm zurecht. Die Kiefer fällen, das mag ja noch gehen, aber nicht sie herunterzerren... Hätte er gewußt, wie alles kommen würde, dann wäre er selber mit Sejdakmat losgezogen, um die Kiefer zu holen. Aber er war zu faul, auf die Berge zu steigen, also beschloß er, den Verwandten mit dem erstbesten Stamm abzufinden. Doch der muckte auf, verlangte einen richtigen Kiefernbalken. »Das Lamm konntest du nehmen, aber Wort halten nicht?« Oroskul wurde wütend und scheuchte ihn vom Hof. »Wenn's dir nicht paßt, verschwinde!« Der andere war nicht dumm und verfaßte eine Beschwerde über den Forstwart des Naturschutzgebietes von San-Tasch, Oroskul Balashanow, und malte sie so aus – mit Wahrheiten und Erfindungen –, daß es höchste Zeit sei,

Oroskul als »Schädling des sozialistischen Waldes« zu erschießen. Lange wurde Oroskul danach vor alle möglichen Kontrollkommissionen im Kreis und vom Forstministerium zitiert. Mit knapper Not wand er sich da heraus... Ein schöner Verwandter! Und da sagen sie noch: »Wir alle sind Kinder der Gehörnten Hirschmutter. Einer für alle, alle für einen!« Alles Unsinn, was zum Teufel soll die Hirschmutter, wenn sie für eine Kopeke bereit sind, einander an die Kehle zu gehn oder jemanden ins Gefängnis zu bringen! Früher, da haben die Leute noch an die Hirschmutter geglaubt. Dumm und rückständig waren sie damals, einfach lächerlich! Heutzutage sind aber doch alle kultiviert, können lesen und schreiben! Wer braucht sie jetzt noch, die Ammenmärchen!

Nach jenem Zwischenfall hatte sich Oroskul fest vorgenommen, keinem mehr, weder Bekannten noch Stammesverwandten, und seien sie wahrhaftig Kinder der Gehörnten Hirschmutter, einen Ast oder auch nur eine Gerte zu geben.

Doch wieder wurde es Sommer. Weiß erhoben sich die Jurten auf grünen Waldwiesen, Schafherden blökten, Rauchfahnen zogen sich Bäche und Flüsse entlang. Die Sonne schien, es roch nach berauschendem Kumys und nach Blumen. Schön war es, im Kreis von guten Freunden neben einer Jurte zu sitzen und sich im grünen Gras an der frischen Luft an Kumys und dem Fleisch von Jungtieren zu laben. Dann ein Glas Wodka zu kippen, damit der Verstand sich vernebelte – damit man sich stark genug fühlte, einen Baum auszureißen oder dem Berg da den Hals umzudrehn... An solchen Tagen vergaß Oroskul seinen Vorsatz. Er hörte es zu gern, wenn man ihn den großen Herrn des großen Waldes nannte. Und wieder machte er Versprechungen, wieder nahm er Geschenke entgegen. Und wieder ahnte eine urzeitliche Kiefer nicht, daß ihre Tage gezählt waren, sowie der Herbst begann.

Der Herbst aber schlich sich unmerklich von den abgeernteten Feldern in die Berge und schlenderte dort herum. Und wo er durchkam, rötete sich das Gras, rötete sich das

Laub im Wald. Die Beeren reiften. Die Lämmer wuchsen heran. Sie wurden in Herden eingeteilt, die Schafe für sich und die Böcke für sich. Die Frauen steckten getrockneten Käse in Wintersäcke. Die Männer berieten sich, wer als erster hinab ins Tal ziehen sollte. Bevor aber diejenigen wegzogen, die im Sommer mit Oroskul etwas vereinbart hatten, ließen sie ihn wissen, an welchem Tag und zu welcher Stunde sie mit Lastwagen in die Forstwirtschaft kommen würden, um das versprochene Holz zu holen.

So würde auch heute abend ein Laster mit Anhänger kommen, um zwei Kiefernstämme abzutransportieren. Ein Stamm war schon unten, war schon über den Fluß gebracht und lag an einem Ort, wo der Laster heranfahren konnte. Den zweiten schleppten sie jetzt eben hinunter. Wenn Oroskul alles zurückgeben könnte, was er gegessen und getrunken hatte, als er diese Stämme versprach, er würde es auf der Stelle tun, nur um der Mühe und Qual zu entgehen, die er nun erduldete.

Leider gab es keine Möglichkeit, sein verfluchtes Schicksal in den Bergen zu ändern – das Auto mit dem Hänger würde heute abend eintreffen, um nachts die Balken wegzuschaffen.

Gut noch, wenn alles glattginge. Die Straße führt durch den Sowchos, direkt am Büro vorbei, einen andern Weg gibt es nicht, der Sowchos aber hat oft Besuch von der Miliz oder der staatlichen Inspektion, auch vom Kreis kann da sonstwer sein. Wenn die den Holztransport sehen, werden sie fragen: Woher kommt das Holz, und wohin bringt ihr es?

Oroskul lief es bei diesem Gedanken kalt über den Rücken. Wut packte ihn auf alles und jedes – auf die kreischenden Dohlen über ihm, auf den unglückseligen alten Momun, auf den Faulpelz Sejdakmat, dem es vor drei Tagen eingefallen war, in die Stadt zu fahren, um Kartoffeln zu verkaufen. Er hatte doch gewußt, daß sie Stämme von den Bergen herunterschleppen mußten! Der hatte sich gedrückt! Und zurückkommen würde er erst, wenn er auf dem Basar alles verkauft hatte. Anderenfalls hätte Oroskul ihm aufgetragen, zusammen mit dem alten Momun die Stämme herbeizuschaffen, und müßte sich nicht selbst so plagen.

Sejdakmat aber war weit, und gegen die Dohlen hatte Oroskul auch nichts zur Hand. Allenfalls konnte er seine Frau verprügeln, aber bis nach Hause war es noch weit. Es blieb der alte Momun. Keuchend und von der Atemnot in der Höhenluft immer mehr in Wut geratend, bei jedem Schritt fluchend, ging Oroskul mitten durch Gestrüpp, ohne Rücksicht auf das Pferd oder den hinter ihm gehenden alten Mann. Mochte das Pferd verrecken, mochte der alte Mann verrecken, mochte er selbst am Herzschlag verrecken. Ihm ging es schlecht, da brauchte es den anderen nicht gutzugehen. Sollte doch die ganze Welt zusammenbrechen, in der nichts so war, wie es sein sollte, nicht so, wie es ihm nach Verdienst und Stellung gebührt hätte.

Seiner Sinne nicht mehr mächtig, führte Oroskul das Pferd durchs Geäst auf einen Steilhang. Sollte der Unermüdliche Momun nur um den Stamm herumtanzen! Sollte er nur versuchen, ihn loszulassen! Ich bring den alten Dummkopf um, und Schluß, beschloß Oroskul. Zu einer anderen Zeit hätte er sich beim Baumschleppen nie auf so einen gefährlichen Hang gewagt. Jetzt aber ritt ihn der Teufel. Momun kam nicht mehr dazu, ihn aufzuhalten, er konnte nur noch schreien: »Wohin? Wohin? Halt!«, da drehte sich der Stamm an der Kette und rollte, die Sträucher niederreißend, bergab. Er war feucht und schwer. Momun hatte noch versucht, einen Hebebaum unter den Stamm zu schieben, damit der nicht hinunterrollte. Doch der Hebebaum wurde dem alten Mann aus der Hand geschlagen.

All das geschah in einem Augenblick. Das Pferd stürzte und wurde liegend hinabgezogen. Im Fallen stieß es Oroskul um. Er rollte hinunter und suchte sich krampfhaft an die Sträucher zu klammern. In diesem Moment schnellten irgendwelche gehörnten Tiere aus dem Gebüsch auf. Mit hohen, kräftigen Sprüngen verschwanden sie in dichtem Birkengehölz.

»Marale! Marale!« rief Großvater Momun, außer sich vor Schreck und Freude. Und verstummte, als traute er seinen Augen nicht.

Auf einmal wurde es still in den Bergen. Die Dohlen waren im Nu davongeflogen. Der Baumstamm blieb an einigen jungen, kräftigen Birken hängen, die er zuvor unter sich begraben hatte. Das Pferd, obwohl im Geschirr verfangen, kam von selbst wieder auf die Beine.

Oroskul, der sich die Sachen zerfetzt hatte, kroch beiseite. Momun stürzte herbei, um dem Schwiegersohn zu helfen.

»Heilige Mutter, Gehörnte Hirschkuh! Sie hat uns gerettet! Hast du's gesehen? Das waren die Kinder der Gehörnten Hirschmutter! Unsere Mutter ist zurückgekommen! Hast du's gesehen?«

Oroskul konnte noch immer nicht glauben, daß alles noch einmal gutgegangen war, er stand finster und beschämt auf und klopfte sich die Kleidung aus.

»Schwatz keinen Unsinn, Alter. Es reicht! Nimm dem Pferd die Zugstränge ab.«

Gehorsam beeilte sich Momun, das Pferd von seinen Fesseln zu befreien.

»Wundersame Mutter, Gehörnte Hirschkuh!« murmelte er noch einmal freudig. »Die Marale sind in unsere Wälder zurückgekehrt. Die Gehörnte Mutter hat uns nicht vergessen! Hat uns unsere Sünde verziehn.«

»Was murmelst du?« blaffte Oroskul. Er hatte sich bereits von seinem Schreck erholt, und die Wut von vorhin nagte wieder an seinem Herzen. »Erzählst du deine Märchen? Bist selber verdreht und denkst nun, auch andere müssen deinen Spinnereien glauben!«

»Ich habe sie mit eigenen Augen gesehn. Es waren Marale.« Großvater Momun blieb dabei. »Hast du sie denn nicht erkannt, mein Sohn? Du hast sie doch selber gesehn.«

»Nun ja. Drei Stück sind wohl vorübergehuscht.«

»Stimmt, drei. Das kam mir auch so vor.«

»Na und? Meinetwegen waren es Marale. Hier aber hat

sich ein Mensch fast das Genick gebrochen. Wo ist der Grund zur Freude? Und wenn es Marale waren, dann sind sie über den Paß gekommen. Dort, in Kasachstan, jenseits der Berge soll es in den Wäldern noch Marale geben. Da ist auch ein Naturschutzgebiet. Vielleicht kommen die Marale von dort. Na und? Was schert uns das? Kasachstan geht uns nichts an.«

»Vielleicht leben sie sich bei uns ein?« sagte Großvater Momun hoffnungsvoll. »Wenn sie doch blieben...«

»Jetzt reicht's aber!« schnitt Oroskul ihm das Wort ab. »Los geht's.«

Sie mußten mit dem Stamm noch weit bergab, dann hieß es ihn mit dem Gespann über den Fluß ziehen. Auch das war schwierig. Und wenn sie den Stamm glücklich über den Fluß geschafft hatten, mußten sie ihn noch zu der Anhöhe schleppen, wo er auf den Wagen geladen würde. Eine Heidenarbeit!

Oroskul war todunglücklich. Alles weit und breit erschien ihm ungerecht. Die Berge – sie fühlen nichts, wünschen nichts, beklagen sich über nichts, stehen einfach da; die Wälder fügen sich jetzt in den Herbst, dann werden sie in den Winter eingehen, und sie finden das nicht schwierig. Sogar die Dohlen fliegen frei herum und kreischen nach Herzenslust. Die Marale – falls es wirklich Marale waren – sind vom Paß her gekommen und werden durch den Wald laufen, wie und wo es ihnen behagt. In den Städten spazieren die Menschen sorglos auf asphaltierten Straßen, fahren in Taxis, sitzen in Restaurants und amüsieren sich. Ihn aber hat das Schicksal in diese Berge verschlagen, er hat kein Glück... Selbst der Unermüdliche Momun, sein zu nichts zu gebrauchender Schwiegervater, ist glücklicher, denn er glaubt an Märchen, der Dumme! Dumme sind immer zufrieden.

Oroskul aber ist das Leben verhaßt. Es paßt ihm nicht. Dieses Leben ist für solche wie den Unermüdlichen Momun geschaffen. Was braucht der schon? Sein Leben lang rackert er sich ab, Tag für Tag, ohne Rast und Ruh. Und sein Leben lang war ihm nie einer untertan, er aber hat sich immer allen untergeordnet, sogar seiner Alten, nicht mal der gibt er Widerworte. So einen Jammerlappen macht auch ein Märchen glücklich. Marale hat er im Wald gesehen, und schon ist er zu Tränen gerührt, als wären ihm leibliche Brüder begegnet, die er hundert Jahre in der ganzen Welt gesucht hat.

Was soll man dazu sagen!

Endlich waren sie am letzten Abschnitt angekommen, wo der lange Steilhang zum Fluß begann. Sie machten halt, um kurz auszuruhen.

Hinterm Fluß, im Hof der Försterei, bei Oroskuls Haus, stieg Rauch auf. Es sah so aus, als käme er vom Samowar. Also wartete seine Frau schon auf ihn. Das war für Oroskul keine Erleichterung. Er atmete mit offenem Mund, rang nach Luft. Seine Brust schmerzte, und im Kopf dröhnten die Herzschläge wie ein Echo. Ätzender Schweiß rann ihm von der Stirn in die Augen. Und was für ein langer und steiler Hang lag noch vor ihm! Zu Hause aber wartete seine Frau, die taube Nuß. Hat auch noch den Samowar angesetzt, um es ihm ja recht zu machen... Jäh verspürte er den dringenden Wunsch, loszurennen und dem bauchigen Samowar einen solchen Fußtritt zu geben, daß der zu des Teufels Großmutter flöge. Sich dann auf die Frau zu stürzen und sie zu schlagen, bis aufs Blut, sie totzuschlagen.

In Gedanken genoß er es bereits, die Frau jammern und ihr elendes Schicksal verfluchen zu hören. Von mir aus, dachte er, mir geht es schlecht, warum sollte sie es gut haben?

Momun unterbrach seinen Gedankengang. »Ich hab ja ganz vergessen, mein Sohn«, fiel ihm plötzlich ein, während er schnell auf Oroskul zutrat, »ich muß doch in die Schule, den Kleinen abholen. Der Unterricht ist zu Ende.«

»Na und?« erwiderte Oroskul betont ruhig.

»Sei nicht böse, mein Sohn. Wir lassen den Stamm hier. Steigen hinab. Du ißt zu Hause was. Ich reite inzwischen zur

Schule und hole den Jungen. Dann kommen wir zurück und schaffen den Stamm rüber.«

»Hast du lange nachgedacht, bis du darauf verfallen bist, Alter?« fragte Oroskul giftig.

»Der Junge wird doch weinen.«

»Na und?« brauste Oroskul auf. Endlich fand sich eine Gelegenheit, den Alten nach Strich und Faden abzukanzeln. Den ganzen Tag schon hatte er nach einem Vorwand dazu gesucht, nun hatte Momun selbst ihm den Anlaß geboten. »Weil er weint, lassen wir die Arbeit liegen? Am Morgen hast du mich schon hereingelegt: Ich bring ihn in die Schule... Na schön, du hast ihn hingebracht. Jetzt heißt's: Ich bring ihn aus der Schule. Und was mach ich? Oder ist das hier etwa eine Spielerei?«

»Red nicht so, mein Sohn«, sagte Momun bittend. »An solch einem Tag! Um mich geht es ja nicht, aber der Junge wird warten, wird an solch einem Tag weinen...«

»Was heißt – an solch einem Tag? Was ist das für ein besonderer Tag?«

»Die Marale sind zurückgekehrt. Warum sollen wir an solch einem Tag...«

Oroskul war verblüfft, ja sogar sprachlos vor Verwunderung. Er hatte die Marale längst vergessen, die wie springende Schatten vielleicht wirklich vorübergehuscht waren, als er durchs Dornengestrüpp schlitterte und ihm vor Schreck das Herz in die Hosen rutschte. Jeden Augenblick hätte ihn der den Hang herunterrollende Stamm zermalmen können. Was kümmerten ihn da die Marale und das Geschwätz des alten Mannes!

»Für wen hältst du mich eigentlich?« sagte er leise und wütend, dem Alten ins Gesicht atmend. »Schade, daß du keinen Bart hast, sonst würde ich dich daran ziehen, damit du nicht andere für dümmer hältst als dich. Was, zum Teufel, scheren mich deine Marale? Soll ich auch noch an sie denken? Laß mich mit deinem Geschwätz zufrieden. Los, geh zum Balken. Und ehe wir ihn nicht über den Fluß gezogen haben, will ich von dir kein Wort mehr hören. Wer da in die Schule geht oder weint, ist mir schnurz. Jetzt reicht's, vorwärts!« Momun gab wie immer nach. Ihm war klar, er würde Oroskul nicht entrinnen, bevor nicht der Balken an Ort und Stelle war, also hetzte er sich schweigend ab. Er sagte kein Wort mehr, obwohl es ihm das Herz abdrückte. Der Enkel wartete doch bei der Schule auf ihn. Alle Kinder waren schon nach Hause gegangen, er allein, sein elternloser Enkel, blickte auf die Straße und wartete auf den Großvater.

Der alte Mann stellte sich vor, wie alle Kinder der Klasse unter Getrappel aus der Schule stürzen und nach Hause rennen. Sie haben Hunger. Schon auf der Straße steigt ihnen der Duft des für sie zubereiteten Essens in die Nase. Froh und aufgeregt laufen sie unter den Fenstern ihrer Häuser vorüber. Ihre Mütter warten schon. Jede von ihnen lächelt so, daß einem schwindlig werden kann. Ob es einer Mutter gutgeht oder schlecht, ein Lächeln für ihr Kind hat sie immer. Selbst wenn eine Mutter streng ausruft: »Und die Hände? Wer wird wohl die Hände waschen?« – ihre Augen bergen doch ebendieses Lächeln.

Momuns Enkel hatte, seit er in die Schule ging, immer tintenbeschmierte Hände. Dem Großvater gefiel das sogar, zeigte es doch, daß der Junge bei der Sache war. Und nun steht sein Enkel auf der Straße, in den tintenbeschmierten Händen die geliebte Schultasche, die der Großvater ihm diesen Sommer gekauft hat. Sicherlich hat er das Warten schon satt, hält unruhig Ausschau und horcht, ob nicht auf der Anhöhe der Großvater zu Pferde erscheint. Er war doch bisher immer rechtzeitig da. Wenn der Junge aus der Schule kam, war der Großvater schon abgesessen und wartete in der Nähe. Alle Kinder gingen nach Hause, der Enkel aber lief zum Großvater. »Da ist das Großväterchen. Laufen wir zu ihm!« sagte der Junge zur Schultasche. Auch jetzt würde er verlegen auf ihn zustürzen, ihn umarmen, das Gesicht in seinen Bauch stoßen und den gewohnten Geruch von alter Kleidung und trockenem Sommerheu spüren: Dieser Tage schaffte der Großvater das Heu vom anderen Ufer heran, im Winter bei tiefem Schnee gelangt man nicht dorthin, also brachte er es lieber schon im Herbst. Und lange danach roch Momun noch nach dem bitteren Heumulm. Der Großvater setzte den Jungen hinter sich auf die Kruppe des Pferdes, und so ritten sie nach Hause, mal im Trab, mal im Schritt, mal schweigend, mal über Nebensächliches schwatzend; fast unmerklich näherten sie sich der Forstwirtschaft. Durch einen Bergsattel ritten sie nach Hause, in die San-Tasch-Schlucht.

Daß der Junge von der Schule so begeistert war, verdroß die Großmutter. Kaum wach geworden, zog er sich schnell an und packte die Bücher und Hefte in die Tasche. Die Großmutter ärgerte auch, daß er nachts die Tasche neben sich legte. »Warum hängst du denn so an der abscheulichen Tasche? Du solltest sie zur Frau nehmen, dann sparten wir wenigstens das Brautgeld...« Der Junge hörte gar nicht hin, verstand im Grund auch nicht, was gemeint war. Hauptsache, er kam nicht zu spät in die Schule. Er lief in den Hof, trieb den Großvater zur Eile. Und beruhigte sich erst, wenn er die Schule bereits vor sich sah.

Einmal waren sie trotzdem zu spät gekommen. In der vergangenen Woche war der Großvater in aller Herrgottsfrühe ans andere Ufer geritten. Er wollte schon am Morgen eine Ladung Heu holen. Alles wäre gutgegangen, wenn der Ballen nicht unterwegs aufgegangen und das Heu auseinandergefallen wäre. Er mußte den Ballen neu verschnüren und das Pferd neu beladen. In der Eile fiel das frisch verschnürte Heu unmittelbar am Ufer wieder auseinander. Der Enkel aber wartete bereits auf der anderen Seite. Er stand auf einem kantigen Stein, wedelte mit der Tasche und schrie etwas, rief ihn. Der alte Mann beeilte sich, die Stricke verhedderten sich, verknoteten sich, und er bekam sie nicht auseinander. Der Junge aber schrie dauernd, und der alte Mann begriff, daß der Kleine schon weinte. Da ließ er alles liegen, das Heu und die Stricke, setzte sich aufs Pferd und eilte durch die Furt zum Enkel.

Auch das Übersetzen kostete Zeit – durch die Furt konnte Momun nicht galoppieren, das Wasser war tief, die Strömung schnell. Im Herbst war es noch nicht so schlimm, aber im Sommer konnten dem Pferd die Beine weggerissen werden, dann war es verloren. Als Momun endlich am andern Ufer und beim Enkel war, weinte der schon herzzerreißend. Sah den Großvater nicht an, weinte nur und sprach dauernd vor sich hin: »Ich komm zu spät. Komm zu spät in die Schule.« Der alte Mann beugte sich hinab, hob den Jungen zu sich in den Sattel und sprengte los. Wäre die Schule in der Nähe gewesen, dann wäre der Junge allein hingelaufen. So aber weinte er den ganzen Weg über, der alte Mann konnte ihn gar nicht beruhigen. Als Momun bei der Schule ankam, schluchzte der Junge immer noch. Der Unterricht hatte bereits begonnen. Momun führte ihn in die Klasse.

Er entschuldigte sich vielmals bei der Lehrerin und versprach, das würde nie wieder vorkommen. Vor allem aber erschütterte den alten Mann, wie der Enkel weinte und unter der Verspätung litt. Geb's Gott, daß es ihn immer so in die Schule zieht, dachte er. Aber warum hat der Kleine nur so geweint? Also hat er einen Kummer, einen heimlichen, ganz persönlichen Kummer.

Jetzt, da Momun neben dem Stamm ging, mal auf die eine, mal auf die andere Seite sprang, den Hebebaum darunterstieß, ihn so handhabte, daß der Stamm nirgends hängenblieb und schneller bergab glitt, dachte er unentwegt, wie es dem Enkel dort gehen mochte.

Oroskul hingegen hatte keine Eile. Er führte das Pferd. Sehr schnell konnten sie aber auch nicht gehen – der Hang war hoch und steil, sie mußten sich schräg halten. Hätte er aber nicht Momuns Bitte nachkommen können – den Stamm einstweilen liegenlassen und später zurückkehren, um ihn zu holen? Ach, wenn Momuns Kraft gereicht hätte, dann hätte er den Baumstamm auf die Schulter genommen, hätte den Fluß durchschritten und den Stamm dort abgeworfen, wo er auf den Laster geladen würde! Da habt ihr euern Stamm, jetzt laßt mich in Frieden! Und dann wäre er zum Enkel geritten. Schön wär's! Aber noch war es weit bis zum Ufer, immerfort über Feldsteine und Geröll, und dort mußten sie den Stamm auch noch mit dem Pferd durch die Furt schleppen, auf die andere Seite. Und das Pferd war schon erschöpft – wie lange ging es schon bergauf und bergab... Wenn nun der Stamm mitten im Fluß bei den Steinen steckenbleibt oder das Pferd stolpert und fällt?

Als sie dann durchs Wasser gingen, flehte Großvater Momun: »Hilf, Gehörnte Hirschmutter, laß den Stamm nicht steckenbleiben, laß das Pferd nicht fallen.« Er hatte die Stiefel ausgezogen und über die Schulter geworfen, die Hosen bis über die Knie aufgekrempelt und hastete mit dem Hebebaum in der Hand hinter dem schwimmenden Stamm her. Sie schleppten ihn schräg zur Strömung. So klar und durchsichtig das Flußwasser war, so kalt war es auch. Herbstwasser.

Der alte Mann ertrug es: Unwichtig, die Füße würden ihm schon nicht abfrieren, Hauptsache, sie bekamen den Stamm möglichst schnell über den Fluß. Dennoch blieb der Stamm stecken, wie aus Gemeinheit verfing er sich mitten in den Stromschnellen zwischen Steinen. In solchen Fällen muß man dem Pferd ein wenig Ruhe gönnen und es dann gebührend antreiben; mit einem tüchtigen Ruck bekommt man den Stamm doch über die Steine. Oroskul aber, der auf dem Pferd saß, peitschte erbarmungslos das bereits geschwächte, erschöpfte Tier. Das setzte sich auf die Hinterhand, glitt aus, stolperte, doch der Stamm bewegte sich nicht. Die Füße des alten Mannes waren erstarrt, vor seinen Augen wurde alles finster. Ihm schwindelte. Der Steilhang, der Wald über dem Steilhang, die Wolken am Himmel neigten sich, fielen in den Fluß, schwammen mit der reißenden Strömung davon und kamen wieder zurück. Momun wurde schlecht. Der verfluchte Stamm! Ja, wäre er trocken und abgelagert, dann wäre es etwas anderes – trockenes Holz schwimmt auf dem Wasser von allein, man muß es nur festhalten. Den Stamm hier hatten sie aber gerade erst abgesägt und zogen ihn nun gleich darauf durch den Fluß. Wer macht denn so etwas! Eine schlimme Geschichte nimmt ein schlimmes Ende. Die Kiefer zum Trocknen liegenlassen traut sich Oroskul nicht – am Ende schneit eine Inspektion herein und verfaßt einen Bericht über das Fällen wertvoller Bäume im Naturschutzgebiet. Deshalb schleppt er auch jeden Stamm, kaum daß sie ihn abgesägt haben, weg – daß ihn ja niemand sieht.

Oroskul bearbeitete das Pferd mit den Absätzen, schlug es mit der Peitsche auf den Kopf, fluchte unflätig, brüllte den alten Mann an, als wäre Momun an allem schuld, doch der Stamm rührte sich nicht vom Fleck, er verklemmte sich immer mehr zwischen den Steinen. Da riß dem Alten die Geduld. Zum ersten Mal in seinem Leben hob er im Zorn die Stimme.

»Steig ab!« Energisch trat er auf Oroskul zu und zerrte ihn aus dem Sattel. »Siehst du nicht, daß das Pferd nicht mehr ziehen kann? Steig sofort ab!«

Verwundert gehorchte Oroskul wortlos. Er sprang mit Stiefeln ins Wasser. Von dem Augenblick an war er wie benommen, ertaubt, nicht mehr er selbst.

»Hierher! Stemm dich dagegen! Beide zusammen!«

Auf Momuns Kommando warfen sie sich auf den Hebebaum, hoben den Stamm an und befreiten ihn aus der Steinbarriere. Was für ein kluges Tier ist doch ein Pferd! Es ruckte genau in diesem Augenblick an und legte sich stolpernd und auf den Steinen ausgleitend in die Zugstränge. Aber der Stamm bewegte sich kaum vom Fleck, er glitt ein winziges Stück und blieb wieder stecken. Das Pferd ruckte noch einmal, konnte sich nicht halten und fiel ins Wasser, fing an zu strampeln und verhedderte sich im Riemenzeug.

»Das Pferd! Bring das Pferd auf die Beine!« drängte Momun Oroskul. Gemeinsam gelang es ihnen mit Mühe, dem Pferd wieder aufzuhelfen. Es zitterte vor Kälte und hielt sich kaum noch auf den Beinen.

»Spann es aus!«
»Warum?«

»Spann es aus, sag ich. Wir werden es neu anspannen müssen. Nimm ihm die Zugstränge ab.«

Wieder gehorchte Oroskul wortlos. Als das Pferd ausgespannt war, nahm Momun es an der Leine.

»Komm jetzt«, sagte er. »Wir kommen später zurück. Das Pferd braucht Ruhe.«

»Halt!« Oroskul nahm dem alten Mann die Leine aus der Hand. Er war zu sich gekommen, wieder er selbst geworden. »Willst du mich veralbern? Du bleibst hier. Der Stamm wird jetzt rübergebracht. Abends kommen Leute, die ihn holen wollen. Spann das Pferd an, ohne Widerrede, verstanden?«

Momun wandte sich schweigend um und humpelte steifbeinig durch die Furt ans Ufer.

»Wohin, Alter? Wohin, frag ich!«

»Wohin schon! In die Schule. Der Enkel wartet da seit Mittag.«

»Komm zurück! Zurück!«

Der alte Mann gehorchte nicht. Oroskul ließ das Pferd im Fluß und holte Momun fast schon am Ufer auf dem Geröll ein, packte ihn an der Schulter und drehte ihn zu sich.

Auge in Auge standen sie sich gegenüber.

Mit einer jähen Handbewegung riß Oroskul die alten Segeltuchstiefel von Momuns Schulter, holte aus und schlug sie dem Schwiegervater zweimal auf den Kopf und ins Gesicht.

»Los jetzt!« krächzte er und schleuderte die Stiefel beiseite.

Der alte Mann ging zu den Stiefeln, hob sie von dem nassen Sand auf, und als er sich wieder aufrichtete, zeigte sich auf seinen Lippen Blut.

»Schurke!« sagte Momun Blut spuckend und warf sich die Stiefel wieder über die Schulter.

Das sagte der Unermüdliche Momun, der noch nie jemandem widersprochen hatte, das sagte ein blaugefrorenes, jämmerliches Alterchen mit hervorquellendem Blut auf den Lippen und über die Schultern geworfenen alten Stiefeln.

»Vorwärts!«

Oroskul zog ihn mit sich fort. Aber Momun riß sich los und ging weg, ohne sich umzusehen.

»Alter Dummkopf, jetzt paß auf! Das zahl ich dir heim!« schrie Oroskul ihm nach und schüttelte die Faust.

Der alte Mann sah sich nicht um. Als er beim »Liegenden Kamel« den Pfad erreicht hatte, setzte er sich, zog sich die Stiefel an und lief schnell nach Hause. Unverzüglich ging er in den Pferdestall und führte den Grauschimmel Alabasch heraus, Oroskuls Reitpferd, das niemand zu besteigen wagte und das nie angespannt wurde, um es nicht als Renner zu verderben. Momun ritt ohne Sattel und Steigbügel vom Hof, als haste er zu einem Schadenfeuer. Und als er an den Fenstern vorbeisprengte, vorbei an dem immer noch rauchenden Samowar, begriffen die herausgeeilten Frauen – Momuns Alte, seine Tochter Bekej und die junge Güldshamal – sofort, daß mit dem alten Mann etwas vorgegangen war. Noch nie hatte er Alabasch bestiegen, noch nie war er Hals über Kopf durch den Hof gesprengt. Noch wußten sie nicht, was dieses Aufbegehren für ihn in seinen alten Tagen für Folgen haben würde.

Von der Furt her kam inzwischen Oroskul zurück, am Zügel das ausgespannte Pferd. Es lahmte auf einer Vorderhand. Schweigend sahen die Frauen zu, wie Oroskul näher kam. Noch ahnten sie nicht, was in ihm vorging, was für Unglück er ihnen an diesem Tag bescheren würde.

In nassen, glucksenden Stiefeln und nassen Hosen kam er mit schwerfälligen Schritten auf sie zu und sah sie mißtrauisch und finster an. Seine Frau Bekej erkundigte sich besorgt: »Was hast du, Oroskul? Was ist geschehn? Du bist ja ganz naß. Ist der Stamm weggeschwommen?«

»Nein«, fertigte Oroskul sie ab. »Da«, er gab die Zügel Güldshamal, »führ das Pferd in den Stall.«

Er selbst ging zur Tür. »Komm ins Haus«, sagte er zu seiner Frau.

Die Großmutter wollte mitkommen, aber Oroskul ließ sie nicht über die Schwelle.

»Verschwinde, Alte, du hast hier nichts zu suchen. Verzieh dich, und laß dich hier nicht wieder blicken.«

»Was hast du denn?« fragte die Großmutter beleidigt. »Was soll das? Und unser Alter? Was ist passiert?«

»Frag ihn selber«, entgegnete Oroskul.

Im Haus zog Bekej ihrem Mann die nassen Sachen vom Leib, gab ihm den Pelz, brachte den Samowar und goß ihm eine Schale Tee ein.

»Laß das.« Mit einer Handbewegung wies Oroskul sie zurück. »Gib mir Wodka.«

Die Frau holte eine volle Halbliterflasche und goß davon etwas in ein Glas.

»Mehr«, befahl Oroskul.

Auf einen Zug kippte er das Glas Wodka hinunter, wickelte sich in den Pelz, legte sich auf die Filzmatte und sagte zur Frau: »Du bist nicht meine Frau, und ich bin nicht dein Mann. Verschwinde. Ich will dich hier nicht wieder sehn. Geh, bevor es zu spät ist.«

Bekej seufzte, setzte sich aufs Bett, verbiß sich wie gewöhnlich die Tränen und sagte leise: »Wieder mal?«

»Was heißt – wieder mal? Hau ab!«

Bekej rannte aus dem Haus und jammerte händeringend, daß es über den ganzen Hof schallte: »Warum bin ich Unglückswurm nur auf die Welt gekommen!«

Indessen sprengte der alte Momun auf Alabasch zu seinem Enkel. Alabasch war ein schnelles Pferd. Trotzdem kam Momun über zwei Stunden zu spät. Er traf den Enkel unterwegs. Die Lehrerin brachte ihn selbst nach Hause. Es war die Lehrerin mit den wettergegerbten rauhen Händen, in dem alten Mantel, den sie nun schon das fünfte Jahr trug. Die erschöpfte Frau blickte unwirsch drein. Der Junge, der sich längst ausgeweint hatte, ging mit verquollenen Augen neben ihr, die Tasche in der Hand, und wirkte jämmerlich und niedergedrückt. Die Lehrerin hielt dem alten Momun eine tüchtige Standpauke. Er war aus dem Sattel gesprungen und stand mit gesenktem Kopf vor ihr.

»Bringen Sie das Kind nicht zur Schule, wenn Sie es nicht rechtzeitig abholen. Mit mir können Sie nicht rechnen, ich habe selber vier Bälger.«

Wieder entschuldigte sich Momun, wieder versprach er, das würde nicht mehr vorkommen.

Die Lehrerin ging nach Dshelessai zurück, der Großvater und der Enkel ritten nach Hause.

Der Junge schwieg, während er vor dem Großvater auf dem Pferd saß. Und der alte Mann wußte nicht, was er ihm sagen sollte.

»Hast du großen Hunger?« fragte er.

»Nein, die Lehrerin hat mir ein Stück Brot gegeben«, antwortete der Enkel.

»Warum bist du dann so still?«

Der Junge erwiderte nichts.

Momun lächelte schuldbewußt.

»Du bist aber nachtragend.« Er nahm dem Jungen die Mütze ab, küßte ihn auf den Scheitel und setzte ihm die Mütze wieder auf.

Der Junge drehte sich nicht um.

So ritten sie, beide bedrückt und schweigsam. Momun ließ Alabasch keine schnelle Gangart einschlagen, er hielt ihn fest am Zügel – er wollte den Jungen auf dem ungesattelten Pferd nicht durchrütteln lassen. Und sie hatten ja jetzt wohl auch keine Eile. Das Pferd begriff bald, was von ihm verlangt wurde – es ging in leichtem halbem Paßgang. Es wieherte, und seine Hufe klapperten auf der Straße. Auf so einem Pferd müßte man ganz allein reiten und leise singen – einfach so, für sich. Was singt einer schon, der allein reitet? Lieder von unerfüllten Träumen, von vergangenen Jahren, davon, was einst war, als er liebte... Gern sehnt sich der Mensch nach der Zeit zurück, in der etwas für immer Unerreichbares zurückgeblieben ist. Was eigentlich, das weiß er selber nicht genau. Aber bisweilen möchte er daran denken, möchte er sich seiner selbst bewußt werden. Ein guter Weggefährte ist solch ein gutes Pferd, das gut läuft.

Und während der alte Momun auf den kurzgeschorenen Hinterkopf des Enkels blickte, auf den dünnen Hals und die abstehenden Ohren, dachte er daran, daß ihm von seinem ganzen glücklosen Leben, von all seiner Arbeit und Mühe, von allen Sorgen und Nöten jetzt nur noch dieses Kind geblieben war, dieses noch hilflose Wesen; gut wär's, wenn er es noch schaffen würde, ihn auf eigene Beine zu stellen. Bliebe er allein, dann würde er es schwer haben. Er war zwar nur so groß wie ein Maiskolben, hatte aber schon seinen Kopf für sich. Einfacher müßte er sein, sich mehr einschmeicheln... Leute vom Schlag Oroskuls werden ihn hassen, werden ihn zerfleischen wie Wölfe einen gehetzten Hirsch.

Da fielen Momun die Marale ein, die unlängst wie schnelle, ungestüme Schatten an ihm vorübergehuscht waren und ihm einen verwunderten und freudigen Aufschrei entlockt hatten.

»Weißt du, mein Söhnchen«, sagte er, »zu uns sind Marale gekommen!«

Der Junge blickte interessiert über die Schulter.

»Wirklich?«

»Ja. Ich hab sie selber gesehen. Drei waren es.«

»Woher sind sie denn gekommen?«

»Ich glaube, übern Paß. Dort ist auch ein Naturschutzgebiet. Der Herbst gleicht dieses Jahr dem Sommer, der Paß ist frei. Da sind sie uns besuchen gekommen.«

»Werden sie bei uns bleiben?«

»Wenn es ihnen gefällt, bleiben sie auch. Sofern wir sie in Frieden lassen, werden sie auch hier leben. Futter gibt es genug. Hier könnten tausend Marale leben. Früher, zur Zeit der Gehörnten Hirschmutter, gab es unzählige...«

Der alte Mann spürte, daß der Junge auftaute, als er von den Maralen hörte, daß er seine Kränkung vergaß, also begann er wieder von vergangenen Zeiten, von der Gehörnten Hirschmutter zu erzählen. Er ließ sich selbst mitreißen und dachte: Wie einfach ist es doch, plötzlich glücklich zu werden und einen anderen glücklich zu machen. So müßte man immer leben. So wie jetzt, zu dieser Stunde. Aber das Leben ist anders eingerichtet – neben dem Glück lauert ständig das Unglück, dringt in die Seele, folgt dir unaufhaltsam, läßt sich nicht verdrängen. Selbst zu dieser Stunde, da er mit dem Enkel glücklich war, regte sich im Herzen des alten Mannes neben der Freude die Unruhe: Was macht Oroskul? Was führt er im Schilde? Was für eine Strafe hat er für ihn, den Alten, ersonnen, der es gewagt hat, sich ihm zu widersetzen? Etwas würde er bestimmt unternehmen. Sonst wäre er nicht Oroskul.

Um nicht an das Unglück denken zu müssen, das seine Tochter und ihn selbst erwartete, erzählte Momun dem Enkel so selbstvergessen von den Maralen, von der Hochherzigkeit, Schönheit und Schnellfüßigkeit dieser Tiere, als könne er damit das Unvermeidliche abwenden.

Der Junge fühlte sich wohl. Er ahnte ja nicht, was ihn zu Hause erwartete. Seine Augen und Ohren brannten. Waren die Marale wirklich zurückgekommen? Dann ist also alles wahr. Der Großvater sagt, die Gehörnte Hirschmutter habe den Menschen die an ihr begangenen Verbrechen vergeben und ihren Kindern erlaubt, in die Berge beim Issyk-Kul zurückzukehren. Der Großvater hat gesagt, jetzt seien drei Marale erschienen, um zu erkunden, wie es hier sei, und wenn es ihnen gefiele, würden alle Marale wieder in ihre Heimat zurückkehren.

»Ata«, unterbrach der Junge den Großvater, »vielleicht ist die Gehörnte Hirschmutter selber gekommen? Vielleicht will sie sehen, wie es bei uns ist, und dann ihre Kinder holen?«

»Vielleicht«, sagte Momun unsicher. Er stockte. Ihm war es peinlich. Hatte er sich nicht zu sehr hinreißen lassen, glaubte der Junge seinen Worten nicht zu sehr? Doch Großvater Momun tat nichts, um den Enkel von seinem Glauben abzubringen, es wäre auch schon zu spät gewesen. »Wer weiß?« Er zuckte mit der Schulter. »Kann sein, vielleicht ist die Gehörnte Hirschmutter selber gekommen. Wer weiß...«

»Wir werden es gleich herauskriegen. Gehn wir doch

dahin, wo du die Marale gesehen hast«, sagte der Junge, »ich will sie auch sehn.«

»Sie bleiben doch nicht an einem Fleck.«

»Wir gehen ihrer Spur nach. Gehen lange, lange in ihrer Spur. Und sobald wir auch nur einen Blick auf sie erhascht haben, kehren wir um. Dann denken sie, die Leute werden ihnen nichts tun.«

»Du bist noch ein richtiges Kind.« Der Großvater schmunzelte. »Wir gehen erst mal nach Hause, dann sehen wir weiter.«

Auf dem Weg, der von hinten heranführte, näherten sie sich schon der Försterei. Die Rückseite eines Hauses gleicht dem Rücken eines Menschen. Allen drei Häusern sah man nicht an, was sich drinnen abspielte. Auch auf dem Hof war alles ausgestorben und still. Ein ungutes Vorgefühl erfaßte Momun. Was war geschehen? Hatte Oroskul seine unglückliche Bekej verprügelt? Hatte er sich sinnlos betrunken? Was konnte noch passiert sein? Warum war es so still, warum war zu dieser Stunde niemand auf dem Hof? Wenn alles in Ordnung ist, muß ich diesen unglückseligen Baumstamm aus dem Fluß ziehen, dachte Momun. Mit Oroskul lege ich mich besser nicht an. Lieber mach ich, was er will, und pfeif auf alles. Einem Esel kann man nicht beweisen, daß er ein Esel ist.

Er ritt zum Pferdestall.

»Steig ab. Wir sind da«, sagte er zum Enkel, bemüht, seine Erregung nicht zu zeigen, als wären sie von weit her zurückgekommen.

Doch als der Junge mit der Tasche ins Haus laufen wollte, hielt der Großvater ihn zurück.

»Warte, wir gehen zusammen.«

Er stellte Alabasch im Pferdestall ein, nahm den Jungen an der Hand und ging aufs Haus zu.

»Weißt du, was«, sagte er zum Enkel, »wenn sie mich ausschimpfen, hab keine Angst und hör nicht hin. Dich betrifft das nicht. Deine Aufgabe ist, in die Schule zu gehen.« Nichts dergleichen geschah. Als sie ins Haus kamen, warf die Großmutter Momun nur einen mißbilligenden Blick zu und beugte sich dann mit verkniffenen Lippen wieder über ihre Näharbeit. Auch der Großvater sagte nichts zu ihr. Finster blieb er eine Weile gespannt mitten im Zimmer stehen, dann nahm er eine große Schale Nudelsuppe vom Herd, holte Löffel und Brot und setzte sich mit dem Enkel zu einem späten Mittagessen.

Sie aßen schweigend, die Großmutter aber schenkte ihnen keinen Blick. Auf ihrem welken braunen Gesicht war Zorn erstarrt. Der Junge begriff, etwas sehr Schlimmes war geschehen. Die alten Leute schwiegen.

Da wurde dem Jungen angst und bange, jeder Bissen blieb ihm im Hals stecken. Nichts ist schlimmer, als wenn die Leute beim Essen schweigen und jeder an etwas anderes denkt, an etwas Ungutes und Verdächtiges. Vielleicht sind wir schuld? sagte der Junge in Gedanken zu seiner Tasche. Die lag auf dem Fensterbrett. Das Herz des Jungen rollte über den Fußboden, kletterte aufs Fensterbrett, neben die Tasche, und flüsterte mit ihr. »Weißt du nichts? Warum ist Großväterchen so traurig? Woran ist er schuld? Und warum ist er heute so spät gekommen, warum ist er auf Alabasch geritten und ohne Sattel? Das hat er doch noch nie gemacht. Vielleicht hat er die Marale im Wald gesehn und sich deshalb verspätet? Oder gibt es am Ende gar keine Marale? Am Ende stimmt alles nicht? Was dann? Warum hat er es überhaupt erzählt? Die Gehörnte Hirschmutter würde es sehr übelnehmen, wenn er uns angeschwindelt hätte...«

Als Großvater Momun mit dem Essen fertig war, sagte er leise zu dem Jungen: »Geh auf den Hof, wir haben noch was vor. Du wirst mir helfen. Ich komme gleich nach.« Der Junge ging folgsam hinaus. Sowie er die Tür hinter sich geschlossen hatte, erklang die Stimme der Großmutter: »Wohin willst du?«

»Ich hole den Baumstamm. Der ist vorhin im Fluß steckengeblieben«, antwortete Momun.

»Soso, ist es dir wieder eingefallen?« kreischte die Großmutter. »Bist du zur Vernunft gekommen? Geh nur, und sieh dir deine Tochter an. Güldshamal hat sie zu sich genommef. Wer kann sie jetzt noch gebrauchen, das kinderlose dumme Luder? Geh nur hin, und laß dir von ihr sagen, was sie jetzt darstellt. Wie eine räudige Hündin hat ihr Mann sie aus dem Haus gejagt.«

»Na und? Dann hat er sie eben rausgejagt«, sagte Momun bitter.

»Hör mal! Wer bist du denn selber? Deine Töchter taugen nichts, und jetzt willst du wohl deinen Enkel studieren lassen, damit er mal ein Natschalnik wird! Paß auf! Mußtest du ausgerechnet für den auf die Barrikaden gehn? Und dann hast du noch Alabasch genommen und bist losgesprengt! Was bist du bloß für einer! Du solltest deinen Platz kennen, solltest dir gut überlegen, mit wem du dich anlegst. Er wird dir den Hals umdrehn wie einem Huhn. Seit wann bist du so widerspenstig? Seit wann ein Held? Daß du ja nicht deine Tochter zu uns bringst! Ich lass sie nicht über die Schwelle.«

Der Junge trottete niedergeschlagen über den Hof. Im Haus hörte er noch die Großmutter schreien, dann klappte eine Tür, und Momun kam heraus. Der alte Mann ging zu Sejdakmats Haus, doch auf der Schwelle kam ihm Güldshamal entgegen.

»Jetzt lieber nicht – später«, sagte sie zu Momun. Der blieb fassungslos stehen. »Sie weint, er hat sie verdroschen«, flüsterte Güldshamal. »Sie sagt, sie würden nicht länger zusammenleben. Verflucht Sie. Sagt, an allem ist der Vater schuld.«

Momun schwieg. Was sollte er erwidern? Jetzt wollte ihn nicht mal die eigene Tochter mehr sehen.

»Oroskul trinkt zu Hause. Führt sich auf wie ein Verrückter«, berichtete Güldshamal flüsternd.

Eine Weile überlegten sie. Dann seufzte Güldshamal mitfühlend: »Wenn wenigstens unser Sejdakmat bald da wäre! Er müßte heute noch zurückkommen. Dann würdet ihr zusammen den Stamm herschaffen und wärt wenigstens das los.«

»Geht es denn um den Stamm?« Momun wiegte den Kopf. Er überlegte, und als er den Enkel neben sich bemerkte, sagte er zu ihm: »Geh spielen.«

Der Junge lief weg. Er ging in die Scheune und holte sich das dort versteckte Fernglas. Wischte den Staub ab. »Um uns steht es schlecht«, sagte er traurig zum Fernglas. »Die Tasche und ich sind wohl schuld. Wenn es doch irgendwo eine andere Schule gäbe! Dann würden die Tasche und ich dorthin gehen. Und niemand dürfte davon wissen. Nur der Großvater täte mir leid, der würde mich suchen. Und du, Fernglas, mit wem würdest du dir dann den weißen Dampfer ansehn? Du denkst wohl, ich kann kein Fisch werden? Du wirst schon sehn, ich schwimme zum weißen Dampfer...«

Der Junge versteckte sich hinter einem Heuhaufen und guckte durchs Fernglas. Aber unfroh und nicht lange. Zu einer anderen Zeit hätte er sich nicht satt sehen können an diesen herbstlichen Wäldern auf den herbstlichen Bergen – oben weißer Schnee, unten rotes Feuer.

Er verstaute das Fernglas wieder an seinem Platz, und als er aus der Scheune trat, sah er, wie der Großvater das Pferd mit Kummet und Geschirr über den Hof führte. Er ging zur Furt. Der Junge wollte zu ihm laufen, doch ein Schrei Oroskuls ließ ihn stehenbleiben. Oroskul war im Unterhemd aus dem Haus gerannt, den Pelz um die Schultern, das Gesicht knallrot wie ein entzündetes Euter.

»He, du!« schrie er Momun drohend an. »Wohin mit dem Pferd? Bring es zurück! Wir holen den Stamm ohne dich. Faß ihn ja nicht an. Du hast hier nichts mehr zu suchen. Bist entlassen. Scher dich sonstwohin.«

Der Großvater lächelte bitter und führte das Pferd wieder in den Stall. Er war mit einemmal ganz alt und klein geworden. Schlurfend ging er weg, ohne sich umzusehen.

Der Junge bekam plötzlich keine Luft mehr, so sehr verletzte es ihn, wie der Großvater beleidigt wurde, und damit niemand ihn weinen sah, lief er zum Flußufer. Der Pfad vor ihm hüllte sich in Nebel, verschwand und zeigte sich wieder.

Der Junge lief, in Tränen gebadet. Da waren sie, seine geliebten Ufersteine: der »Panzer«, der »Wolf«, der »Sattel« und das »Liegende Kamel«. Der Junge sagte nichts zu ihnen – sie begriffen ohnehin nichts, standen einfach nur da. Er umarmte den Höcker des »Liegenden Kamels«, preßte sich an den rotbraunen Granit und weinte laut, bitterlich und untröstlich. Lange weinte er, doch allmählich wurde er still und beruhigte sich.

Schließlich hob er den Kopf, wischte sich die Augen, sah vor sich hin und erstarrte. Unmittelbar vor ihm, am anderen Ufer, standen am Wasser drei Marale. Richtige, lebendige Marale – sie tranken Wasser, hatten aber anscheinend schon genug getrunken. Einer – der mit dem größten, schwersten Geweih –, senkte noch einmal den Kopf zum Wasser hinab, und während er trank, schien er sein Geweih im Flachwasser wie in einem Spiegel zu betrachten. Er war bräunlich, breitbrüstig und mächtig. Als er den Kopf hob, fielen von seiner behaarten hellen Lippe Tropfen ins Wasser. Mit den Ohren spielend, sah der Gehörnte aufmerksam zum Jungen hin.

Doch am längsten betrachtete den Jungen eine breithüftige weiße Hirschkuh mit einer Krone weitverzweigter dünner Sprossen auf dem Kopf. Ihr Geweih war nicht ganz so groß, aber sehr schön. Sie sah aus wie die Gehörnte Hirschmutter. Hatte große, klare Augen. Sie glich einer stattlichen Stute, die jedes Jahr ein Füllen zur Welt bringt. Die Gehörnte Hirschmutter sah den Jungen aufmerksam und ruhig an, als erinnere sie sich, wo sie den großköpfigen Jungen mit den großen Ohren schon einmal gesehen hatte. Ihre Augen glänzten feucht und leuchteten von fern. Aus den Nüstern stieg leichter Dampf. Neben ihr, mit dem Rücken zu ihr, knabberte ein hornloses Kalb an den Zweigen einer Weide. Es kümmerte sich um nichts, war wohlgenährt, kräftig und guter Dinge. Unversehens hörte es zu knabbern auf, sprang hoch, streifte die Hirschkuh mit der Schulter, sprang um sie herum und tat mit ihr schön. Rieb seinen hornlosen Kopf an ihren Flanken. Die Gehörnte Hirschmutter aber sah unverwandt zum Jungen hin. Mit angehaltenem Atem kam der Junge hinterm Stein hervor und ging wie schlafwandelnd, die Arme vorgestreckt, zum Ufer, unmittelbar ans Wasser. Die Marale erschraken kein bißchen. Ruhig betrachteten sie ihn vom anderen Ufer.

Zwischen ihnen floß der schnelle, durchsichtig-grüne Fluß, ergoß sich brodelnd über die Steine unterm Wasser. Und wäre dieser Fluß nicht gewesen, der sie trennte, dann hätte der Junge wohl hingehen und die Marale streicheln können. Sie standen auf ebenem, reinem Geröllboden. Hinter ihnen – dort, wo der Geröllstreifen endete – flammte wie eine rote Wand das herbstliche Laub des Auenwalds. Weiter oben war ein lehmiger Steilhang, überm Steilhang standen rotgoldene Birken und Espen, und noch weiter oben begann ein großer Wald, lag weißer Schnee auf felsigen Gipfeln.

Der Junge schloß die Augen und schlug sie wieder auf. Ihm bot sich noch immer das gleiche Bild, und etwas näher als der rotbelaubte Auenwald, auf dem reinen Geröllboden, standen wie vorhin die märchenhaften Marale.

Doch nun drehten sie sich um und gingen über das Geröll hintereinander in den Wald. Voran der große Maral, in der Mitte das hornlose Kalb und dahinter die Gehörnte Hirschmutter. Sie blickte sich noch einmal nach dem Jungen um. Die Marale betraten den Auenwald, gingen durch Gesträuch. Rote Zweige schwankten über ihnen und schütteten rote Blätter auf ihre ebenmäßigen, straffen Rücken.

Dann stiegen sie auf einem Pfad die Steilwand hoch. Hier machten sie halt. Und wieder kam es dem Jungen so vor, als sähen die Marale ihn an.

Der große Maral reckte den Hals, bog das Geweih nach hinten und trompetete: »Baoh! Baoh!« Seine Stimme wurde über der Steilwand und überm Fluß als langes Echo zurückgeworfen: »Aoh! Aoh!«

Erst jetzt kam der Junge zur Besinnung. So schnell ihn die Füße trugen, rannte er auf dem vertrauten Pfad nach Hause. Er sauste über den Hof, riß laut die Tür auf und schrie keuchend von der Schwelle: »Ata! Die Marale sind gekommen! Die Marale! Sie sind hier!«

Großvater Momun hockte trübsinnig und still in einem Winkel und sah ihn an, sagte aber kein Wort, als verstünde er nicht, worum es ging.

»Mach nicht solchen Krach!« zischte die Großmutter. »Dann sind sie eben gekommen. Wir haben jetzt andere Sorgen!«

Der Junge ging leise hinaus. Auf dem Hof war keine Menschenseele. Die Herbstsonne ging schon hinterm Wachtberg unter, hinter der Kette benachbarter kahler, finsterer Berge. Und von da breitete sich das kalte Abendrot als verschwommener Widerschein über die Gipfel der herbstlichen Berge. Die Wälder überzogen sich mit Abenddunst.

Es wurde kalt. Wind kam von den Schneefeldern. Der Junge zitterte. Ihn fröstelte.

6

Ihn fröstelte auch noch, als er ins Bett ging. Lange fand er keinen Schlaf. Draußen war schon tiefe Nacht. Sein Kopf schmerzte. Doch der Junge sagte nichts. Niemand wußte, daß er krank war. Sie hatten ihn vergessen. Kein Wunder!

Der Großvater war völlig verwirrt. Wußte sich nicht zu lassen. Bald lief er hinaus, bald kam er wieder herein, setzte sich betrübt und schwer atmend eine Weile, stand erneut auf und ging irgendwohin. Die Großmutter knurrte den alten Mann böse an und wanderte ebenfalls auf und ab, ging hinaus auf den Hof und kam zurück. Draußen erklangen undeutliche, abgerissene Stimmen, hastige Schritte, Geschimpf – offenbar schimpfte Oroskul wieder. Jemand weinte und schluchzte.

Der Junge lag still da – immer noch erschöpft von all diesen Stimmen und Schritten, von all dem, was in Haus und Hof geschah. Er schloß die Augen, und um sich die Einsamkeit und das Vergessensein zu erleichtern, rief er sich alles wieder ins Gedächtnis, was an dem Tag geschehen war, alles, was er gern sehen wollte. Er stand am Ufer eines großen Flusses. Das Wasser floß so schnell, man konnte einfach nicht lange hinsehen, sonst wurde einem schwindlig. Vom anderen Ufer blickten ihn Marale an. Die drei Marale, die er gegen Abend gesehen hatte, standen wieder vor ihm. Und alles wiederholte sich. Von der feuchten Lippe des großen Gehörnten fielen Tropfen wie damals, als er den Kopf vom Wasser hob. Die Gehörnte Hirschmutter betrachtete den Jungen genauso aufmerksam mit ihren gütigen, verständnisvollen Augen. Und ihre Augen waren riesengroß, dunkel und feucht. Der Junge wunderte sich sehr, daß die Gehörnte Hirschmutter wie ein Mensch seufzen konnte. Traurig und kummervoll, wie der Großvater. Dann liefen die Marale durch den Auenwald weg. Rote Zweige schwankten über ihnen und schüttelten rote Blätter auf ihre ebenmäßigen, straffen Rücken. Sie kletterten den Steilhang hoch. Oben blieben sie stehen. Der große Maral reckte den Hals, bog das Geweih nach hinten und trompetete: »Baoh! Baoh!« Der Junge schmunzelte in sich herein, denn er erinnerte sich, wie die Stimme des großen Marals als langes Echo über den Fluß geflogen war. Dann verschwanden die Marale im Wald. Doch der Junge wollte sich nicht von ihnen trennen, und er dachte sich aus, was er gern sehen wollte.

Wieder floß ungestüm der große, schnelle Fluß vorüber. Die Strömung war so reißend, daß ihm schwindelte. Er setzte zum Sprung an und flog über den Fluß. Mühelos setzte er weich in der Nähe der Marale auf, die noch immer auf Geröllboden standen. Die Gehörnte Hirschmutter rief ihn zu sich: »Wer sind deine Eltern?«

Der Junge schwieg. Ihm war es peinlich, darauf zu antworten.

»Großvater und ich haben dich sehr lieb, Gehörnte Hirschmutter. Wir warten schon lange auf dich«, sagte er.

»Ich kenne dich. Auch deinen Großvater. Er ist ein guter Mensch«, sagte die Gehörnte Hirschmutter.

Das freute den Jungen, aber er wußte nicht, wie er sich bedanken sollte.

»Wenn du willst, verwandle ich mich in einen Fisch und schwimme im Fluß bis zum Issyk-Kul, zum weißen Dampfer«, rief er plötzlich.

Das konnte er. Doch die Gehörnte Hirschmutter gab keine Antwort. Da zog der Junge sich aus und ging wie im Sommer, zitternd und sich am Zweig einer Uferweide festhaltend, ins Wasser.

Das Wasser aber war nicht eiskalt, sondern heiß, atemberaubend heiß. Er schwamm unter Wasser mit offenen Augen, und Myriaden goldener Sandkörnchen und kleiner Unterwassersteine wirbelten wie ein tosender Schwarm herum. Die Luft wurde ihm knapp, und ein heißer Strom zog ihn immer weiter.

»Hilf mir, Gehörnte Hirschmutter, hilf mir, auch ich bin dein Sohn, Gehörnte Hirschmutter!« schrie er laut. Die Gehörnte Hirschmutter lief am Ufer hinter ihm her. Sie lief schnell, der Wind pfiff in ihrem Geweih. Und sogleich wurde ihm leichter.

Er war schweißnaß. Da fiel ihm ein, daß der Großvater ihn in solchen Fällen noch wärmer einwickelte, also deckte er sich besser zu. Im Haus war außer ihm niemand. Der Docht in der Lampe war schon niedergebrannt, sie leuchtete nur noch trüb. Der Junge wollte aufstehen und etwas trinken, aber vom Hof her erklangen wieder schroffe Stimmen, jemand schrie einen andern an, jemand weinte, ein anderer beruhigte ihn. Er hörte Radau, Füßestampfen... Dann stapften ächzend und stöhnend zwei Leute unmittelbar vor dem Fenster vorbei, und es hörte sich an, als schleppe einer den anderen. Geräuschvoll wurde die Tür aufgerissen, und die Großmutter stieß wutentbrannt und schwer atmend Großvater Momun ins Haus. Noch nie hatte der Junge seinen Großvater so verängstigt gesehen. Er schien überhaupt nichts mehr zu begreifen. Entgeistert irrten seine Augen umher. Die Großmutter stieß ihn vor die Brust und nötigte ihn, sich zu setzen.

»Setz dich, Dummkopf, und misch dich nirgends ungebeten ein. Machen die so was etwa zum ersten Mal? Wenn du willst, daß alles wieder ins Lot kommt, bleib sitzen, und red nicht dazwischen. Tu, was ich dir sage. Hörst du? Sonst macht er uns das Leben zur Hölle, schmeißt uns raus. Wohin sollen wir aber auf unsere alten Tage gehn? Wohin?« Die Großmutter knallte die Tür zu und rannte davon.

Im Haus wurde es erneut still. Zu hören war nur noch der keuchende, hechelnde Atem vom Großvater. Er saß auf dem Ofensockel und preßte den Kopf mit zitternden Händen. Plötzlich sank der alte Mann auf die Knie, rang die Hände und stöhnte, an einen Unbekannten gewandt: »Nimm mich, nimm mich Elenden zu dir! Nur schenk ihr ein Kind! Ich hab nicht mehr die Kraft, sie anzusehn. Schenk ihr wenigstens ein einziges... Erbarm dich unser!«

Weinend und schwankend stand der Großvater auf und tastete sich an der Wand lang zur Tür. Er ging hinaus, lehnte die Tür hinter sich an und weinte dumpf mit zugehaltenem Mund.

Dem Jungen wurde schlecht. Ihn fröstelte wieder. Abwechselnd wurde ihm heiß und kalt. Er wollte aufstehen, zum Großvater gehen. Doch Arme und Beine gehorchten ihm nicht, sein Kopf schmerzte immer mehr. Der alte Mann aber weinte vor der Tür, und auf dem Hof wütete wieder der betrunkene Oroskul, jammerte verzweifelt Tante Bekej, flehten, beschwichtigten die Stimmen von Güldshamal und der Großmutter.

Der Junge floh vor ihnen in die Welt seiner Phantasie.

Wieder stand er am Ufer des reißenden Flusses, und auf der anderen Seite, auf dem Geröllboden, standen noch immer die Marale. Da bettelte der Junge: »Gehörnte Hirschmutter, bring Tante Bekej auf deinem Geweih eine Wiege! Ich bitte dich sehr, bring ihnen eine Wiege! Sie sollen ein Kind bekommen!« Er selbst aber lief übers Wasser zur Gehörnten Hirschmutter. Er versank nicht im Wasser, doch er näherte sich auch nicht dem anderen Ufer, es war, als trete er auf der Stelle. Und immerzu flehte er die Gehörnte Hirschmutter an und beschwor sie: »Bring ihnen auf deinem Geweih eine Wiege! Mach, daß unser Großvater nicht weinen muß, mach, daß Onkel Oroskul Tante Bekej nicht schlägt! Mach, daß sie ein Kind bekommen! Ich werde alle liebhaben, auch den Onkel Oroskul, nur schenke ihnen ein Kind. Bring ihnen auf deinem Geweih eine Wiege!«

Dem Jungen kam es so vor, als läute in der Ferne ein Glöckchen. Es klang immer lauter. Die Hirschmutter lief durch die Berge und trug auf ihrem Geweih, an einem Spannbügel aufgehängt, eine Kinderwiege aus Birkenholz mit einem Glöckchen. Das Wiegenglöckchen läutete hell. Die

Gehörnte Hirschmutter beeilte sich sehr. Immer näher ertönte das Glöckchen... Doch was war das? In den Ton des Glöckchens mischte sich ferner Motorenlärm. Irgendwo fuhr ein Lastwagen. Er rumpelte immer lauter, immer deutlicher, das Glöckchen aber klingelte immer bänglicher, in immer größeren Abständen und verlor sich bald völlig im Motorenlärm. Der Junge hörte, wie Eisen gegen Eisen polterte, als das Auto in den Hof einfuhr. Bellend stürzte der Hund heraus. Für einen Augenblick spiegelte sich im Fenster schwankendes Scheinwerferlicht und erlosch sofort wieder. Der Motor verstummte. Die Kabinentür klappte. Die Ankömmlinge unterhielten sich – den Stimmen nach zu urteilen, waren es drei –, gingen am Fenster vorüber, hinter dem der Junge lag.

»Sejdakmat ist gekommen«, erklang plötzlich die frohe Stimme von Güldshamal, und er hörte, wie sie ihrem Mann entgegeneilte. »Wir warten ja schon so!«

»Guten Tag!« antworteten fremde Stimmen.

»Was macht ihr denn hier?« fragte Sejdakmat.

»Na was schon. Warum kommst du so spät?«

»Ich kann noch von Glück sagen. Bis zum Sowchos bin ich gekommen, da hab ich ewig auf ein Auto gewartet, das mich mitnimmt. Wenigstens bis Dshelessai. Da wollte gerade jemand zu uns, Holz holen«, erzählte Sejdakmat. »In der Schlucht ist es dunkel. Der Weg – na, du kennst ihn ja.«

»Und Oroskul? Ist er zu Hause?« fragte einer der Männer.

»Ja, schon«, erwiderte Güldshamal zaghaft. »Er ist nicht ganz auf dem Posten. Aber keine Sorge. Ihr übernachtet bei uns, Platz haben wir. Kommt.«

Sie zogen los. Doch nach ein paar Schritten blieben sie stehen. »Guten Tag, Aksakal. Guten Tag, Baibitsche.«

Die Fremden begrüßten Großvater Momun und die Großmutter. Die Alten hatten sich vor ihnen geschämt und hießen sie auf dem Hof willkommen, wie es sich bei fremden Besuchern gehört. Vielleicht würde das Schamgefühl auch Oroskul aufrütteln? Wenn er wenigstens nicht sich selbst und die anderen blamierte!

Der Junge wurde ruhiger. Überhaupt fühlte er sich erleichtert. Der Kopf schmerzte nicht mehr so. Er überlegte sogar, ob er nicht aufstehen und sich das Auto ansehen sollte – hatte es vier Räder oder sechs? War es neu oder alt? Und wie sah der Hänger aus? Im Herbst war einmal ein Militärlaster mit hohen Rädern und einem stumpfen Vorderteil gekommen – er sah aus, als habe man ihm die Nase abgeschlagen. Der Fahrer, ein junger Soldat, hatte den Jungen eine Weile in der Kabine sitzen lassen. Das war schön! Der Militär mit den goldenen Achselklappen aber war mit Oroskul in den Wald gegangen. Warum wohl? Das hatte es noch nie gegeben.

»Suchen Sie etwa einen Spion?« fragte der Junge den Soldaten.

Der griente. »Ja, wir suchen einen Spion.«

»Bei uns war aber noch nie einer«, murmelte der Junge betrübt.

Der Soldat lachte schallend. »Wozu brauchst du einen?«

»Ich würde ihn verfolgen und fangen.«

»Du bist ja ein ganz Fixer. Aber noch zu klein, werd erst mal groß.«

Solange der Militär mit den goldenen Achselklappen mit Oroskul durch den Wald ging, unterhielt sich der Junge mit dem Soldaten.

»Ich habe alle Autos und alle Fahrer gern«, sagte der Junge.

»Warum denn das?« wollte der Soldat wissen.

»Autos sind schön, stark und schnell. Und sie riechen so gut nach Benzin. Die Fahrer aber sind allesamt jung, und sie sind alle Kinder der Gehörnten Hirschmutter.«

»Was sagst du? Was?«

Der Soldat verstand nichts. »Was ist das für eine Gehörnte Mutter?«

»Kennst du sie denn nicht?«

»Nein. Von so einem Wunder hab ich noch nie gehört.«

»Wer bist du denn?«

»Ich komme aus Karaganda, bin Kasache. Hab in der Bergbauschule gelernt.«

»Nein, ich meine, von wem du abstammst.«
»Von Vater und Mutter.«
»Und die?«
»Auch von Vater und Mutter.«
»Und die?«
»Na hör mal, so kann man ja endlos fragen.«
»Ich bin aber ein Sohn der Söhne der Gehörnten Hirschmutter.«
»Wer hat dir denn das gesagt?«
»Der Großvater.«
»Irgendwas stimmt da nicht.« Der Soldat wiegte zweifelnd den Kopf. Ihn interessierte der goßköpfige Junge mit den abstehenden Ohren, dieser Sohn der Söhne der Gehörnten Hirschmutter. Trotzdem war er ein wenig betroffen, als sich herausstellte, daß er die Herkunft seines Geschlechts nicht kannte und nicht einmal, wie es Brauch ist, seine Vorväter bis ins siebente Glied nennen konnte. Er kannte nur den Vater, den Großvater und den Urgroßvater. Aber weiter?

»Hat man dir nicht beigebracht, die Namen deiner Vorväter bis ins siebente Glied nennen zu können?« fragte der Junge.

»Nein. Warum auch? Ich kenne sie nicht, aber das schadet nichts. Ich lebe ganz normal.«

»Der Großvater sagt, wenn die Leute sich nicht an ihre Väter erinnern, werden sie schlecht.«

»Wer wird schlecht? Die Menschen?«
»Ja.«
»Und warum?«

»Großvater sagt, keiner wird sich schämen, wenn er etwas Böses tut, denn seine Kinder und Kindeskinder werden sich an ihn nicht erinnern. Und niemand wird Gutes tun, denn die Kinder werden sowieso nichts davon erfahren.«

»Du hast aber einen Großvater!« rief der Soldat aufrichtig verwundert. »Einen interessanten Großvater. Bloß stopft er dir den Kopf mit allerlei Plunder voll. Dabei hast du einen großen Kopf. Und deine Ohren sehen aus wie bei uns die

Radargeräte auf dem Truppenübungsplatz. Hör nicht auf ihn. Wir gehen dem Kommunismus entgegen, fliegen in den Kosmos, und was bringt er dir bei? Er müßte mal zu uns in den Politunterricht kommen, dann würden wir ihn im Nu bilden. Wenn du groß bist und ausgelernt hast, fahr weg von hier, trenn dich vom Großvater. Der ist ungebildet, hat keine Kultur.«

»Nein, den Großvater verlass ich niemals«, wandte der Junge ein. »Er ist gut.«

»Na ja, das denkst du jetzt. Später wirst du mich verstehn.«

Nun, da der Junge auf die Stimmen lauschte, erinnerte er sich an diesen Militärlaster und auch daran, daß er damals dem Soldaten nicht richtig hatte erklären können, warum die hiesigen Fahrer, wenigstens alle, die er kannte, für Söhne der Gehörnten Hirschmutter gehalten wurden.

Der Junge hatte ihm die Wahrheit gesagt. Er hatte sich nichts ausgedacht. Im vergangenen Jahr, ebenfalls zur Herbstzeit oder auch etwas später, waren Autos vom Sowchos in die Berge gekommen, um Heu zu holen. Sie waren nicht an der Försterei vorbeigefahren, sondern kurz vorher zum Artscha-Tal abgebogen und dann hinaufgefahren, dorthin, wo sie im Sommer gemäht hatten, um im Herbst Heu in den Sowchos zu schaffen. Als der Junge das ungewohnte Brummen von Motoren auf dem Wachtberg vernommen hatte, war er zur Weggabelung gelaufen. Mit einemmal so viele Autos! Eins nach dem andern. Eine ganze Kolonne. Fünfzehn Laster hatte er gezählt.

Es sah ganz so aus, als würde das Wetter umschlagen, jeden Tag konnte es schneien, dann hieße es: »Ade, Heu, bis zum nächsten Jahr!« Wenn es in dieser Gegend nicht gelang, das Heu beizeiten einzubringen, konnte man es vergessen. Die Wege wurden einfach unpassierbar. Offenbar waren sie im Sowchos mit mancherlei Arbeit in Verzug geraten; und als die Zeit drängte, hatten sie beschlossen, mit einemmal mit sämtlichen Autos das Heu zu holen. Aber was wurde daraus!

Der Junge wußte von alldem nichts, und was ging es ihn

eigentlich an? Ganz aus dem Häuschen und guter Dinge rannte er jedem Auto entgegen, lief mit ihm eine Weile um die Wette und ging dann dem nächsten entgegen. Die Lastwagen waren allesamt neu und hatten schöne Fahrerhäuser mit großen Windschutzscheiben.

In den Fahrerhäusern aber saßen Dshigiten, einer wie der andere bartlos, manchmal saßen da auch zwei junge Burschen. Die Beifahrer sollten das Heu aufladen und verschnüren. Sie alle kamen dem Jungen schön vor, tüchtig und lustig. Wie im Film.

Im großen und ganzen hatte der Junge recht. Die Lastwagen waren in gutem Zustand und fuhren, nachdem sie die Steile des Wachtbergs bewältigt hatten, schnell auf der festen Schotterstraße. Die Fahrer hatten gute Laune – das Wetter war nicht schlecht, außerdem kam irgendwoher ein großohriger und großköpfiger Schlingel jedem Wagen entgegengelaufen, närrisch vor Freude. Da mußten sie einfach lachen und ihm zuwinken und ihm aus Spaß drohen, damit er noch lustiger und ausgelassener wurde...

Der letzte Laster hielt sogar an. Aus dem Fahrerhaus blickte ein junger Bursche in Uniform – einem Soldatenkittel, aber ohne Schulterstücke, auch ohne Uniformmütze, sondern mit einer gewöhnlichen Schirmmütze. Es war der Fahrer.

»Guten Tag! Was machst du denn hier?« Freundlich zwinkerte er dem Jungen zu.

»Ach, nichts weiter«, entgegnete der Junge leicht verwirrt.

»Bist du der Enkel von Großvater Momun?«

»Ja.«

»Hab ich mir doch gedacht. Ich bin auch ein Bugu. Alle, die hier vorbeigefahren sind, gehören zu den Bugu. Wir holen Heu. Heute kennen die Bugu einander gar nicht, haben sich in alle Winde zerstreut... Bestell deinem Großvater einen Gruß. Sag, du hast Kulubek gesehn, den Sohn des Tschotbai. Sag, Kulubek ist aus der Armee zurück und arbeitet jetzt als Fahrer im Sowchos. Na dann!«

Zum Abschied schenkte er dem Jungen ein Militärabzeichen, das bedeutungsvoll aussah. Fast wie ein Orden. Der Motor heulte auf wie ein Panther und sauste los, den andern hinterher. Plötzlich wäre der Junge am liebsten mit dem freundlichen, tüchtigen Burschen im Soldatenkittel, seinem Bugu-Bruder, mitgefahren. Doch die Straße war schon wieder leer, er mußte nach Hause gehen. Stolz kam er zurück und berichtete dem Großvater von seiner Begegnung. Das Abzeichen steckte er sich an die Brust.

An dem Tag kam gegen Abend unversehens der San-Tasch-Wind auf, fegte in heftigen Stößen von der hohen Gebirgskette herunter. Blätter wirbelten überm Wald hoch, stiegen säulengleich immer höher in den Himmel, stoben rauschend über die Berge. Im Nu entlud sich ein solches Unwetter, daß man die Augen nicht mehr aufbekam. Und alsbald fiel Schnee. Weiße Finsternis brach über die Erde herein, ließ die Wälder schwanken und den Fluß aufschäumen. Der Schnee fiel in dichten Flocken, stöberte.

Irgendwie schafften sie es, das Vieh einzutreiben und einiges vom Hof zu räumen, möglichst viel Holz ins Haus zu schaffen. Dann steckten sie die Nase nicht mehr hinaus. Wie sollten sie auch – bei einem so frühen und schrecklichen Schneesturm?

Was hat das zu bedeuten? fragte sich Großvater Momun befremdet und beunruhigt. Er horchte immerzu auf das Pfeifen des Windes und ging hin und wieder zum Fenster.

Draußen verdichtete sich schnell das Dunkel vom wirbelnden Schnee.

»Setz dich doch hin!« murrte die Großmutter. »Ist es vielleicht das erste Mal? ›Was hat das zu bedeuten?‹« äffte sie ihn nach. »Der Winter ist gekommen.«

»So plötzlich, an einem Tag?«

»Warum nicht? Wird er dich etwa um Erlaubnis fragen? Der Winter hat sich's in den Kopf gesetzt, jetzt ist er eben da.«

Im Schornstein heulte es. Dem Jungen war erst beklommen zumute – während er dem Großvater in der Wirtschaft geholfen hatte, war er auch durchfroren, aber bald loderte das Holz auf, im Haus wurde es gemütlich, roch es nach heißem Harz und Kiefernrauch; der Junge beruhigte sich, ihm wurde warm.

Dann aßen sie zu Abend. Dann gingen sie schlafen. Draußen aber fiel und fiel der Schnee, wütete der Wind.

Im Wald ist es bestimmt fürchterlich, dachte der Junge, während er auf die Laute von draußen lauschte. Ihm wurde vollends bange, als plötzlich undeutliche Stimmen und Schreie erklangen. Jemand rief, ein anderer antwortete. Zuerst dachte der Junge, er habe sich das nur eingebildet. Wer könnte zu dieser Zeit hierherkommen? Aber auch Großvater Momun und die Großmutter spitzten die Ohren.

»Da sind Leute«, sagte die Großmutter.

»Ja«, entgegnete der alte Mann unschlüssig.

Dann fragte er sich besorgt: Woher kamen die zu solcher Stunde? Hastig zog er sich an. Auch die Großmutter beeilte sich. Sie stand auf und zündete die Lampe an. Der Junge zog gleichfalls erschrocken schnell etwas über. Inzwischen kamen die Leute aufs Haus zu. Es waren viele Stimmen, viele Beine. Der angewehte Schnee knirschte unter ihren Sohlen, als sie über die Veranda stapften, schließlich trommelten sie an die Tür. »Machen Sie auf, Aksakal! Wir erfrieren!«

»Wer seid ihr?«

»Hiesige.«

Momun öffnete die Tür. In einer Welle von Kälte, Wind und Schnee, selbst schneeverklebt, stürzten die jungen Männer herein, die am Tag zum Artscha-Tal gefahren waren, um Heu zu holen. Der Junge erkannte sie. Darunter war in seinem Soldatenkittel auch Kulubek, der ihm das Militärabzeichen geschenkt hatte. Einen hatten sie untergefaßt und führten ihn, er stöhnte und zog ein Bein nach. Sogleich erhob sich im Haus ein Tohuwabohu.

»Astapralla, Grundgütiger, was ist euch zugestoßen?« jammerten Großvater Momun und die Großmutter wie aus einem Mund.

»Das erzählen wir später! Von uns kommen noch mehr, sieben Mann. Hauptsache, sie finden hierher. Du, setz dich doch dahin. Er hat sich ein Bein verrenkt«, sagte Kulubek schnell und half dem stöhnenden Burschen, auf dem Ofensockel Platz zu nehmen.

»Wo sind denn die andern von euch?« fragte Großvater Momun schnell. »Ich geh gleich los und bring sie her. Du aber lauf zu Sejdakmat und sag ihm, er soll sofort mit der Taschenlampe kommen«, sagte er zu dem Jungen.

Der Junge rannte aus dem Haus und mußte sofort nach Luft ringen. Bis an sein Lebensende sollte er sich an diesen schrecklichen Augenblick erinnern. Ein zottiges, kaltes, pfeifendes Ungeheuer packte ihn an der Kehle und beutelte ihn. Doch er blieb standhaft. Er entriß sich den zupackenden Pfoten, schützte den Kopf mit den Händen und rannte zu Sejdakmats Haus. Bis dahin waren es nur zwanzig, dreißig Schritt, ihm aber kam es vor, als liefe er weit und durch heftigen Sturm – wie ein Recke, der seinen Kriegern zu Hilfe eilt. Kühnheit und Entschlossenheit strömten seinem Herzen zu. Mächtig und unbesiegbar kam er sich vor, und während er zu Sejdakmats Haus lief, vollbrachte er atemberaubende Heldentaten. Er sprang von Berg zu Berg über Abgründe, erschlug mit dem Schwert ganze Scharen von Feinden, rettete Brennende aus dem Feuer und Ertrinkende aus dem Fluß, raste in einem Düsenjäger mit wehender roter Fahne hinter einem zottigen schwarzen Ungeheuer her, das vor ihm durch Schluchten und über Felsen floh. Sein Düsenjäger flog wie aus der Kanone abgefeuert hinter dem Ungeheuer her. Der Junge schoß mit einem Maschinengewehr auf das Untier und schrie: »Tod dem Faschisten!«, und überall war die Gehörnte Hirschmutter. Sie war stolz auf ihn. Kurz vor der Tür von Sejdakmats Haus sagte die Gehörnte Hirschmutter zu ihm: »Jetzt rette meine Söhne, die jungen Fahrer!« – »Ich werde sie retten, Gehörnte Hirschmutter, das schwöre ich dir!« sagte der Junge laut und trommelte an die Tür.

»Schnell, Onkel Sejdakmat, kommen Sie, und retten Sie

unsere Männer!« Er platzte damit so heraus, daß Sejdakmat und Güldshamal erschrocken zurückprallten.

»Wen soll ich retten? Was ist passiert?«

»Großvater hat gesagt, Sie sollen mit einer Taschenlampe kommen, Fahrer aus dem Sowchos haben sich verirrt.«

»Du Dummer!« schimpfte Sejdakmat. »Hättest du das doch gleich gesagt.« In aller Eile machte er sich fertig.

Der Junge nahm es ihm kein bißchen übel. Woher sollte Sejdakmat wissen, welche Heldentaten er vollbracht hatte, um zu ihm zu gelangen, und was er geschworen hatte. Der Junge ärgerte sich auch später nicht sehr, als er erfuhr, daß Großvater Momun und Sejdakmat die Fahrer ganz in der Nähe der Försterei getroffen und ihnen den Weg nach Hause gezeigt hatten. Es hätte ja auch anders kommen können! Eine Gefahr wirkt harmlos, wenn sie vorbei ist. Jedenfalls hatten sich auch diese Männer gefunden. Sejdakmat hatte sie zu sich nach Hause mitgenommen. Sogar Oroskul hatte fünf Mann erlaubt, bei ihm zu übernachten – auch er war geweckt worden. Alle anderen drängten sich im Haus von Großvater Momun.

Der Schneesturm in den Bergen legte sich nicht. Der Junge lief auf die Veranda und wußte schon nach einer Minute nicht mehr, wo rechts und wo links, wo oben und wo unten war. Draußen stob es, wütete der nächtliche Sturm. Der Schnee lag schon knietief.

Erst jetzt, da alle Sowchosfahrer gefunden waren, sich aufgewärmt und Angst und Kälte hinter sich gelassen hatten, forschte Großvater Momun behutsam, was denn mit ihnen geschehen sei, obwohl ohnehin klar war, daß das Unwetter sie unterwegs überrascht hatte. Die jungen Männer erzählten, und der Alte und die Großmutter seufzten.

»Oi,oi,oi!« riefen sie verwundert, preßten die Hände an die Brust und dankten Gott.

»Ihr habt so leichte Sachen an, Jungs«, sagte die Großmutter vorwurfsvoll und goß ihnen heißen Tee ein. »Kann man denn in solchen Klamotten in die Berge fahren? Kinder seid ihr, die reinsten Kinder! Ihr putzt euch raus, wollt aussehn wie Städter. Wenn ihr aber vom Weg abgekommen wärt, dann wärt ihr, Gott verhüt's, bis zum Morgen zu Eis erstarrt.«

»Wer konnte denn ahnen, daß so was passiert?« erwiderte Kulubek. »Warum sollten wir uns warm anziehen? Unsere Laster können geheizt werden. Dann sitzen wir drin wie zu Hause. Drehen am Lenkrad. Wenn man mit dem Flugzeug fliegt – so hoch, daß von dort die Berge hier wie kleine Hügel aussehen –, sind draußen vierzig Grad minus, drinnen aber haben die Leute die Jacken ausgezogen.«

Der Junge lag auf einem Schaffell zwischen den Fahrern. Er hatte sich neben Kulubek gezwängt und lauschte gespannt, was die Erwachsenen sagten. Niemand vermutete, daß er sich über den jäh hereingebrochenen Schneesturm freute, der diese Männer genötigt hatte, bei ihnen Unterschlupf zu suchen. Insgeheim wünschte er sehnlich, der Sturm möge noch lange anhalten – wenigstens drei Tage. Sollten sie doch bei ihnen bleiben. Mit ihnen war es so schön. Interessant. Der Großvater kannte sie alle. Wenn nicht sie selbst, dann ihre Väter und Mütter.

»Nun hast du unsere Bugu-Brüder gesehn«, sagte der Großvater zum Enkel, fast ein wenig stolz. »Jetzt weißt du, was du für Stammesverwandte hast! Tüchtig sind sie! Und wie groß die Dshigiten von heute sind! Gott schenke ihnen Gesundheit! Ich erinnere mich noch, im Winter zweiundvierzig hat man uns nach Magnitogorsk auf den Bau gebracht!«

Der Großvater schickte sich an, die dem Jungen gut bekannte Geschichte zu erzählen, wie man sie, die aus allen Enden des Landes herbeigeholten Leute der Arbeitsarmee, in einer langen Reihe der Größe nach hatte antreten lassen und wie sich herausstellte, daß die Kirgisen fast alle am Ende standen – sie waren klein. Es gab einen Appell und danach eine Rauchpause. Da trat ein rothaariger, kraftstrotzender Riese auf sie zu und brüllte: »Woher kommen nur diese Mandschuren?«

Unter ihnen war ein alter Lehrer. Der antwortete: »Wir sind Kirgisen. Als wir hier in der Nähe gegen die Mandschuren kämpften, war an Magnitogorsk noch nicht mal zu denken. Aber wir waren genauso groß wie du. Wenn der Krieg zu Ende ist, wachsen wir noch.«

Der Großvater erzählte diesen weit zurückliegenden Vorfall. Lachend und zufrieden betrachtete er noch einmal seine nächtlichen Gäste.

»Recht hatte der Lehrer. Wenn ich heute in der Stadt bin oder mich unterwegs umsehe, stelle ich fest, daß unser Volk schön und großgewachsen ist. Anders als früher.«

Die jungen Burschen lächelten verständnisvoll – der Alte war ein Spaßvogel.

»Groß sind wir zwar«, sagte einer von ihnen, »aber einen Laster haben wir in den Straßengraben gefahren. So viele wir waren, reichte uns doch nicht die Kraft.«

»Versteht sich! Mit Heu beladen und bei dem Schneesturm!« rechtfertigte Großvater Momun sie. »Das kommt vor. So Gott will, kriegen wir alles wieder hin. Hauptsache, der Wind legt sich.«

Die jungen Männer erzählten dem Großvater, wie sie zum Heuschlag auf die Artscha-Hochebene gekommen waren. Dort standen drei große Schober Gebirgsheu. Sie begannen von allen drei Schobern zugleich aufzuladen, packten die Fuhren höher als ein Haus, so daß sie sich dann an Seilen herablassen mußten. Einen Laster nach dem andern beluden sie. Die Fahrerhäuser waren nicht mehr zu sehen, nur noch die Windschutzscheiben, die Motorhauben und Räder. Da sie schon gekommen waren, wollten sie auch alles wegschaffen, damit sie nicht noch einmal fahren mußten. Sie wußten, wenn Heu liegenbliebe, dann wäre das bis zum nächsten Jahr. Sie arbeiteten schnell. Sowie ein Laster fertig war, fuhr ihn der Chauffeur beiseite und half sofort, den nächsten zu beladen. Zum Schluß waren höchstens zwei Fuhren Heu übrig. Sie machten eine Rauchpause, verabredeten, in welcher Reihenfolge sie fahren würden, und dann brach die Kolonne auf. Sie fuhren äußerst vorsichtig, fast tastend bergab. Heu ist keine schwere Ladung, doch es ist unbequem und sogar gefährlich, vor allem an engen Stellen und in scharfen Kurven.

Sie ahnten nicht, was sie erwartete.

Vom Artscha-Hochland fuhren sie bergab, dann durch eine Schlucht, und als sie gegen Abend aus der Schlucht herauskamen, empfing sie der Orkan und starker Schneefall.

»Da war was los, daß uns der Schweiß den Rücken runterrann«, erzählte Kulubek. »Mit einemmal war es finster geworden, der Wind wollte mir das Lenkrad aus der Hand reißen. Jeden Augenblick konnte der Wagen umstürzen. Und das auf einer Straße, die auch tagsüber gefährlich ist.«

Der Junge lauschte mit angehaltenem Atem, reglos, und ließ die strahlenden Augen nicht von Kulubek. Der gleiche Wind, der gleiche Schnee, von dem hier die Rede war, tobte draußen vor dem Fenster. Viele Fahrer und Auflader schliefen schon in einer Reihe auf dem Fußboden, angezogen und in Stiefeln. Und alles, was sie mitgemacht hatten, erlebte jetzt erneut der großköpfige Junge mit dem dünnen Hals und den abstehenden Ohren.

Ein paar Minuten – und sie hatten die Straße nicht mehr gesehen. Die Laster folgten einander wie Blinde dem Blindenführer und gaben sich ständig Signale, um nicht von der Straße abzukommen. Der Schnee fiel in dichten Flocken und verklebte die Scheinwerfer, die Scheibenwischer schafften es nicht, die zufrierenden Scheiben frei zu halten. Sie mußten sich aus der Kabine lehnen – aber kann man denn so fahren? Und der Schnee fiel und fiel...

Die Räder drehten schon durch. Vor einem steilen Anstieg blieb die Kolonne stecken. Die Motoren heulten wie wild – alles nutzlos. Sie sprangen aus den Kabinen, liefen auf Zuruf von einem Wagen zum andern und sammelten sich an der Spitze der Kolonne. Wie weiter? Ein Lagerfeuer anzünden war unmöglich. In den Kabinen sitzen bleiben hieße, den Rest des Kraftstoffs zu verbrauchen, der jetzt ohnehin kaum bis zum Sowchos reichen würde. Würden sie aber die Kabinen nicht heizen, dann könnten sie erfrieren. Die jungen Burschen wußten nicht weiter. Die allmächtige Technik war am Ende. Was tun? Einer schlug vor, von einem Wagen das Heu herunterzukippen und sich darin einzugraben. Doch ihnen war klar: Sie brauchten nur die Ladung aufzuschnüren, und schon wäre vom Heu kein Büschel mehr übrig, der Wind hätte es im Handumdrehn hinweggefegt. Die Laster aber schneiten immer tiefer ein, unter den Rädern hatten sich bereits Schneewehen gebildet. Die Männer waren ratlos, vom Wind waren sie schon eiskalt geworden.

»Plötzlich fiel mir ein, Aksakal«, berichtete Kulubek Großvater Momun, »daß ich unterwegs, als wir ins Artscha-Hochland fuhren, den da getroffen hatte, meinen jüngeren Bugu-Bruder.« Er zeigte auf den Jungen und strich ihm zärtlich über den Kopf. »Er lief auf der Straße hin und her, und ich hielt an. Sagte ihm guten Tag. Wir unterhielten uns. Stimmt's? Warum schläfst du nicht?«

Der Junge nickte lächelnd. Hätte nur jemand gewußt, wie heiß sein Herz vor Freude und Stolz pochte! Kulubek sprach über ihn. Der allerkühnste und allerschönste von diesen jungen Burschen! So wollte auch er einmal werden!

Der Großvater legte neues Holz ins Feuer und lobte ihn: »So ist er nun mal. Hört gern zu, wenn andere sich unterhalten. Du siehst ja, wie er die Ohren spitzt!«

»Warum ich mich in diesem Moment an ihn erinnert habe, weiß ich selber nicht!« fuhr Kulubek fort. »Ich sage zu den Jungs, schreie fast, denn der Wind verschluckt meine Worte. ›Wißt ihr, was‹, sage ich, ›schlagen wir uns bis zur Försterei durch. Hier sind wir verloren.‹ – ›Und wie kommen wir dahin?‹ schreien die Jungs mir ins Gesicht. ›Zu Fuß nicht. Und die Wagen dürfen wir nicht stehenlassen.‹ Ich sage zu ihnen: ›Wir schieben die Laster den Berg rauf, dann geht es von allein talwärts. Wir müßten nur bis zur San-Tasch-Schlucht kommen, von da gehen wir zu Fuß zu unseren Forstarbeitern, dort ist es nicht mehr weit.‹ – ›Na los‹, sagen sie, ›du hast das Kommando.‹ Von mir aus... Wir begannen mit dem vordersten Laster. ›Osmonaly, steig ein!‹ Bis zum letzten Mann stemmten wir uns mit den Schultern gegen den Wagen. ›Vorwärts!‹ Zuerst schien es auch voranzugehen. Dann verließ uns die Kraft. Zurück konnten wir aber nicht mehr. Es kam uns so vor, als schöben wir nicht einen Laster, sondern einen ganzen Berg. Das war doch eine tolle Fuhre! Ein Heuschober auf Rädern! Ich weiß nur noch, daß ich aus voller Kehle schrie: ›Hau ruck! Hau ruck!‹, aber ich hörte mich selber nicht. Wind, Schnee, nichts zu sehen. Das Auto heult und kreischt wie lebendig. Mit letzter Kraft kommt es den Berg rauf. Geschafft. Mir will das Herz zerspringen, in Stücke zerfallen. Alles verschwimmt vor den Augen.«

»O weh, o weh«, jammerte Großvater Momun. »Was mußtet ihr ausstehn! Sieht ganz so aus, als hätte euch die Gehörnte Hirschmutter beschützt, als hätte sie euch, ihren Kindern, aus der Patsche geholfen. Wer weiß, wie es sonst geendet hätte... Hörst du? Der Sturm hat sich noch immer nicht gelegt, er fegt und wirbelt immer noch.«

Dem Jungen fielen die Augen zu. Er wollte sie mit Macht offenhalten, doch die Lider schlossen sich von selbst. Und im Halbschlaf, während er Fetzen der Unterhaltung von Großvater und Kulubek mitbekam, vermischte sich bei ihm die Wirklichkeit mit Bildern seiner Phantasie. Ihm war, als befände er sich mitten unter den jungen Männern, die der Schneesturm in den Bergen überrascht hatte. Vor sich sieht er eine steile Straße, die den verschneiten weißen Berg hinaufführt. Der Schneesturm kneift ihn in die Wangen. Die Augen brennen. Sie schieben den haushoch mit Heu beladenen Laster hinauf. Langsam, ganz langsam kommen sie voran. Dann geht es nicht mehr weiter, der Laster bleibt stehen, rollt sogar zurück. Es ist zum Fürchten. Stockfinster. Eisiger Wind. Der Junge krümmt sich vor Angst, fürchtet, der Laster könne sich selbständig machen und sie zerquetschen. Da aber erscheint die Gehörnte Hirschmutter. Mit ihrem Geweih stemmt sie sich gegen den Wagen und hilft beim Schieben. »Hau ruck! Hau ruck!« schreit der Junge. Und der Laster kommt voran, immer weiter voran. Als sie ihn oben auf dem Berg haben, rollt er von allein hinab. Sie aber schieben den zweiten hinauf, dann den dritten und noch viele andere. Und jedesmal hilft ihnen die Gehörnte Hirschmutter. Niemand sieht sie. Niemand weiß, daß sie an ihrer Seite ist. Der Junge aber sieht sie und weiß es. Er sieht, daß die Gehörnte Hirschmutter jedesmal angelaufen kommt, wenn ihre Kraft erlahmt und sie von Angst ergriffen werden, es nicht zu schaffen, daß sie hilft, mit ihrem Geweih den Wagen nach oben zu schieben. »Hau ruck! Hau ruck!« ruft der Junge immer wieder. Und ständig ist er neben Kulubek. Dann sagt Kulubek zu ihm: »Setz dich ans Lenkrad!« Der Junge steigt ins Fahrerhaus. Der Laster rüttelt und dröhnt. Das Lenkrad dreht sich von allein, leicht wie der Faßreifen, mit dem er als kleines Kind Auto gespielt hat. Dem Jungen ist es peinlich, daß er so ein Spielzeuglenkrad in der Hand hat. Plötzlich neigt sich der Wagen und kippt um. Mit einem Höllenlärm bricht er auseinander. Der Junge weint laut. Er schämt sich sehr. Schämt sich, Kulubek in die Augen zu sehen.

»Was hast du denn? Was ist los?« weckte ihn Kulubek.

Der Junge schlug die Augen auf. Freute sich, daß alles nur ein Traum war. Kulubek aber nahm ihn auf den Arm und drückte ihn an sich. »Du hast wohl geträumt? Bist erschrokken? Ach, du Held!« Er küßte den Jungen mit rauhen, spröden Lippen. »Komm, ich leg dich wieder hin, wir müssen schlafen.«

Er bettete den Jungen auf die Filzmatte am Boden, zwischen die schlafenden Fahrer, legte sich selbst neben ihn, zog ihn näher zu sich und deckte sich selbst mit dem Matrosenkittel zu.

Frühmorgens weckte der Großvater den Jungen.

»Wach auf«, sagte er leise, »und zieh dich warm an. Du mußt mir helfen. Steh auf.«

Draußen dämmerte der Morgen. Im Haus schliefen sie

noch alle in einer Reihe. »Zieh die Filzstiefel an«, sagte Großvater Momun.

Er roch nach frischem Heu. Also hatte er die Pferde bereits gefüttert. Der Junge stieg in die Stiefel und ging mit dem Großvater auf den Hof. Dort war alles tüchtig verweht. Doch der Wind hatte sich gelegt. Nur hin und wieder trieb noch Schnee über den Boden.

»Kalt!« Der Junge schlotterte.

»Nicht schlimm. Es hellt sich wohl auf«, murmelte der alte Mann. »War das etwa nötig! Beim ersten Schnee so ein Sturm! Aber Hauptsache, es hat kein Unglück gegeben!«

Sie gingen in den Stall, wo Momuns fünf Schafe standen. Der alte Mann tastete nach der Laterne, die auf einem Pfosten stand, und zündete sie an. Die Schafe in der Ecke sahen sich um und blökten.

»Halt sie mal, du wirst mir leuchten«, sagte der Großvater zum Jungen und gab ihm die Laterne. »Wir schlachten ein schwarzes Jungschaf. Haben das Haus voller Gäste. Wenn sie aufstehn, muß das Fleisch fertig sein.«

Der Junge leuchtete dem Großvater mit der Laterne. Noch immer pfiff der Wind in den Ritzen, noch immer war es draußen kalt und schummrig. Zuerst warf der alte Mann einen Armvoll frisches Heu vor den Eingang. Dann führte er das schwarze Schaf dahin, doch bevor er es niederwarf und ihm die Füße zusammenband, sammelte er seine Gedanken und hockte sich hin.

»Stell die Laterne weg. Hock auch du dich hin«, sagte er zu dem Jungen.

Er aber flüsterte, die geöffneten Hände vor sich: »Große Urmutter, Gehörnte Hirschmutter! Ich opfere dir ein schwarzes Schaf. Für die Rettung unserer Kinder in einer Stunde der Gefahr. Für deine weiße Milch, mit der du unsere Vorfahren großgezogen hast, für dein gutes Herz, dein mütterliches Auge. Verlaß uns nicht auf Gebirgspässen, in reißenden Strömen, auf glitschigen Pfaden. Verlaß uns nie in unserem Land, wir sind doch deine Kinder. Amen!«

Wie im Gebet strich er sich mit den Händen übers Gesicht, von der Stirn bis ans Kinn. Der Junge folgte seinem Beispiel. Dann warf der Großvater das Schaf nieder, band ihm die Füße zusammen und zog sein altes asiatisches Messer aus der Scheide.

Der Junge leuchtete ihm.

Das Wetter hatte sich endlich gebessert. Zweimal hatte die Sonne erschrocken durch Risse in den dahintreibenden Wolken geblickt. Ringsum sah man noch die Spuren der vergangenen stürmischen Nacht: kreuz und quer aufgetürmte Schneewehen, zerdrückte Sträucher, vom schweren Schnee umgebogene junge und unter der Last geknickte alte Bäume. Der Wald jenseits des Flusses stand schweigsam und still, wie niedergeschmettert. Und der Fluß wirkte viel tiefer, seine Ufer waren durch den vielen Schnee höher und steiler geworden. Das Wasser rauschte leiser.

Die Sonne blieb launisch – mal lugte sie hervor, mal versteckte sie sich. Aber nichts trübte oder beunruhigte die Stimmung des Jungen. Vergessen war die Aufregung der vergangenen Nacht, vergessen der Sturm, und der Schnee machte ihm nichts aus – so fand er es sogar interessanter. Er sauste hierhin und dorthin, die Schneeklumpen flogen nur so unter seinen Sohlen weg. Ihn freute, daß zu Hause viele Menschen waren, daß die jungen Burschen ausgeschlafen hatten, laut redeten und lachten, daß sie mit Appetit das eigens für sie gekochte Hammelfleisch aßen.

Inzwischen wurde auch die Sonne beständiger. Sie schien heller und länger. Die Wolken zerstreuten sich allmählich. Es wurde sogar wärmer. Der verfrühte Schnee sackte schnell zusammen, vor allem auf der Straße und auf den Wegen.

Als die Fahrer und Beifahrer aufbrechen wollten, geriet der Junge allerdings wieder in Erregung. Alle gingen hinaus auf den Hof, verabschiedeten sich von den Forstleuten, bedankten sich für Unterkunft und Essen. Großvater Momun und Sejdakmat geleiteten sie zu Pferde. Der Großvater nahm ein Bund Holz mit und Sejdakmat einen großen verzinkten

Kanister, um Wasser für die eingefrorenen Motoren zu wärmen.

Alle verließen den Hof.

»Nimm mich mit, Ata.« Der Junge kam zum Großvater gelaufen.

»Du siehst doch, ich habe das Holz und Sejdakmat den Kanister. Wir können dich nicht mitnehmen. Was hast du da auch verloren. Wenn du durch den Schnee läufst, wirst du nur müde.«

Der Junge war beleidigt. Schmollte. Da nahm Kulubek ihn an der Hand.

»Komm mit uns«, sagte er. »Zurück reitest du mit dem Großvater.«

Sie gingen zur Weggabelung – dahin, wo der Weg vom Artscha-Heuschlag herabführte. Der Schnee lag noch ziemlich tief. Es war gar nicht leicht, mit den kräftigen Burschen Schritt zu halten. Der Junge wurde müde.

»Na komm, ich nehm dich huckepack«, bot Kulubek ihm an. Geschickt faßte er den Jungen unter die Arme und schwang ihn sich auf den Rücken. Er trug ihn so geschickt, als trüge er tagtäglich Kinder huckepack.

»Du hast aber den Bogen raus, Kulubek«, sagte der Fahrer neben ihm.

»Ich hab mein Leben lang meine Geschwister getragen«, prahlte Kulubek. »Schließlich bin ich der Älteste, und wir waren sechs. Mutter hat auf dem Feld gearbeitet und Vater auch. Jetzt haben die Schwestern schon Kinder. Als ich aus der Armee zurückkam, da war ich noch unverheiratet, hatte noch keine Arbeit aufgenommen, sagte die Schwester – die älteste –: ›Komm zu uns, leb bei uns, du kannst so gut mit Kindern umgehn.‹ – ›Ach nein‹, sag ich, ›nun reicht's! Jetzt will ich bald eigene rumtragen.‹«

So gingen sie und unterhielten sich über dies und das. Gut und bequem saß der Junge auf Kulubeks kräftigem Rücken. So einen Bruder müßte ich haben! dachte er. Dann hätte ich vor niemand Angst. Oroskul sollte nur versuchen, den Großvater anzuschreien oder jemanden anzurühren – er würde im Nu still, sobald Kulubek ihn nur vorwurfsvoll ansähe.

Die Laster mit dem Heu, die sie vergangene Nacht zurückgelassen hatten, standen etwa zwei Kilometer oberhalb der Weggabelung. Von Schnee zugeweht, glichen sie winterlichen Heuschobern. Es sah ganz so aus, als bekäme niemand sie je wieder vom Fleck.

Aber sie entfachten nun ein Feuer und machten Wasser warm. Mit einer Kurbel warfen sie einen Motor an, er hustete und begann zu arbeiten. Dann ging alles schneller. Der nächste Laster wurde angeschleppt. Jeder angesprungene, angewärmte Motor zog den hinter ihm stehenden Wagen an.

Als alle Laster fahrbereit waren, zogen sie mit einem doppelten Vorspann den in der Nacht umgekippten Wagen aus dem Straßengraben. Alle halfen dabei. Auch der Junge suchte sich am Rand einen Platz und half. Und sorgte sich ständig, einer könne zu ihm sagen: »Was wieselst du uns dauernd zwischen den Beinen rum? Weg hier!« Doch niemand sagte das, niemand verjagte ihn. Vielleicht, weil Kulubek ihm erlaubt hatte zu helfen. Der aber war hier der Stärkste, wurde von allen geachtet.

Die Fahrer verabschiedeten sich noch einmal. Die Wagen fuhren los. Zuerst langsam, dann immer schneller. Eine ganze Karawane fuhr auf der Straße durch die verschneiten Berge. Da fuhren die Söhne der Söhne der Gehörnten Hirschmutter. Sie wußten nicht, daß nach dem Willen der kindlichen Phantasie die Gehörnte Hirschmutter unsichtbar vor ihnen herlief. Mit langen, zielstrebigen Sprüngen lief sie vor der Wagenkolonne. Sie bewahrte sie auf ihrem schwierigen Weg vor Unheil und Mißgeschick. Vor Erdrutschen, Lawinen, Schneestürmen, vor Nebel und sonstigen Unbilden, unter denen die Kirgisen in den vielen Jahrhunderten ihres Nomadenlebens schon soviel gelitten hatten. Hatte Großvater Momun die Gehörnte Hirschmutter nicht ebendarum gebeten, als er ihr bei Tagesanbruch das schwarze Schaf opferte?

Sie waren weggefahren. Der Junge aber fuhr mit ihnen. In

Gedanken. Er saß im Fahrerhaus neben Kulubek. Onkel Kulubek, sagte er zu ihm, vor uns her läuft die Gehörnte Hirschmutter. – Ja? – Wirklich. Ehrenwort. Da ist sie!

»Woran denkst du? Was stehst du da rum?« Großvater Momun riß ihn aus seiner Versunkenheit. »Steig auf, wir müssen nach Hause.« Er neigte sich vom Pferd herab und hob den Jungen in den Sattel. »Ist dir kalt?« fragte er und hüllte den Enkel fester in seinen Pelz.

Damals war der Junge noch nicht in die Schule gegangen. Jetzt aber, da er ab und zu aus schwerem Schlaf erwachte, dachte er bang: Wie soll ich morgen in die Schule gehn, ich bin doch krank, mir ist so schlecht... Dann nickte er immer wieder ein. Ihm war, als schriebe er Worte in ein Heft, die die Lehrerin an die Tafel geschrieben hatte: At. Ata. Taka: Pferd. Vater. Hufeisen. Mit diesen Schriftwerken eines Schulanfängers schrieb er ein ganzes Heft voll, Seite für Seite: At. Ata. Taka. At. Ata. Taka. Er ermüdete, vor seinen Augen flimmerte es, ihm wurde heiß, sehr heiß, er deckte sich auf. Wenn er aber aufgedeckt dalag, fror er, und wieder hatte er allerlei Traumgesichte. Mal schwamm er als Fisch in einem eiskalten Fluß, schwamm zum weißen Dampfer und konnte ihn doch nicht erreichen. Dann wieder geriet er in einen Schneesturm. In einem rauchigen, frostigen Wirbel schleppten sie mit Heu beladene Laster eine steile Straße hinauf. Die Motoren heulten wie Menschen, sie schoben und kamen nicht von der Stelle. Die Räder drehten wie besessen durch und wurden feuerrot. Sie brannten, und Flammen schlugen heraus. Die Gehörnte Hirschmutter stemmte sich mit dem Geweih gegen den Wagenkasten und schob den Wagen mit dem Heu bergan. Der Junge half ihr, so gut er konnte. Heißer Schweiß brach ihm aus allen Poren. Plötzlich wurde die Heufuhre zu einer Kinderwiege. Die Gehörnte Hirschmutter sagte zum Jungen: »Laß uns schneller laufen, wir wollen Tante Bekej und Onkel Oroskul die Wiege bringen.« Sie stürmten los. Der Junge blieb zurück. Aber im Dunkel vor ihm läutete unentwegt das Wiegenglöckchen. Er folgte seinem Ruf.

Wach wurde er, als er Schritte auf der Veranda hörte und eine Tür knarrte. Großvater Momun und die Großmutter kamen zurück, wie's schien, ein wenig beruhigt. Daß Fremde bei ihnen eingekehrt waren, hatte Oroskul und Tante Bekej offenbar gezwungen, sich zusammenzunehmen. Vielleicht war Oroskul auch einfach, vom Saufen erschöpft, endlich eingeschlafen. Auf dem Hof hörte der Junge weder Schreien noch Schimpfen.

Gegen Mitternacht stand der Mond über den Bergen. Als neblige Scheibe hing er über dem höchsten Eisgipfel. Der in ewiges Eis gefesselte Berg ragte aus dem Dunkel, gespenstisch glitzerten seine Zacken. Ringsum aber standen in tiefem Schweigen Berge, Felsen, reglose schwarze Wälder, und weit unten wälzte sich der Fluß tosend über Steine.

Durchs Fenster fiel ein schräger Streifen von bleichem Mondlicht. Der Schein störte den Jungen. Er warf sich herum und kniff die Augen zusammen. Schon wollte er die Großmutter bitten, das Fenster zu verhängen, doch dann ließ er es bleiben. Die Großmutter war auf den Großvater böse.

»Dummkopf«, flüsterte sie, während sie sich schlafen legte. »Wenn du schon mit den Menschen nicht umgehn kannst, dann halt wenigstens den Mund. Hör lieber auf andere. Er hat dich doch in der Hand. Du kriegst von ihm Lohn, auch wenn's nur Groschen sind. Immerhin jeden Monat. Und was wärst du ohne Lohn? Alt bist du geworden, gescheit nicht.«

Der alte Mann entgegnete nichts. Die Großmutter verstummte. Dann sagte sie plötzlich überraschend laut: »Ohne Lohn ist einer kein Mensch mehr. Dann ist er ein Nichts.«

Wieder entgegnete der alte Mann nichts.

Der Junge konnte nicht mehr einschlafen. Sein Kopf schmerzte, die Gedanken verwirrten sich. Er dachte an die Schule und regte sich auf. Noch nie hatte er auch nur einen Tag gefehlt, und jetzt stellte er sich vor, was er tun sollte, wenn er morgen nicht nach Dshelessai zur Schule reiten konnte. Er dachte auch daran, daß die Großmutter dem alten Mann das Leben zur Hölle machen würde, falls Oroskul ihn entließe. Was sollten sie dann tun?

Warum leben die Menschen so? Warum sind die einen böse und andere gut? Warum gibt es glückliche und unglückliche? Warum gibt es Menschen, die alle fürchten, und andere, die niemand fürchtet? Warum haben die einen Kinder, andere aber nicht? Warum können manche Leute andern den Lohn verweigern? Sicherlich sind die besten Leute die, welche den höchsten Lohn bekommen. Der Großvater aber bekommt nur wenig und wird nicht für voll genommen. Ach, wir müßten erreichen, daß der Großvater auch mehr Lohn kriegt! Dann würde Oroskul ihn vielleicht mehr achten!

Von diesen Gedanken schmerzte dem Jungen der Kopf immer mehr. Wieder kamen ihm die Marale in den Sinn, die er gegen Abend bei der Furt jenseits des Flusses gesehen hatte. Wie mochte es ihnen nachts dort gehen? Sie waren doch allein in den kalten und steinigen Bergen, allein in dem finsteren, schwarzen Wald. Das war doch zum Fürchten. Wenn nun Wölfe sie anfielen? Wer würde dann Tante Bekej auf dem Geweih die Zauberwiege bringen?

Der Junge fiel in einen unruhigen Schlaf, und während er einschlummerte, flehte er die Gehörnte Hirschmutter an, die Birkenholzwiege für Oroskul und Tante Bekej zu bringen. »Sie sollen Kinder bekommen, Kinder bekommen!« beschwor er die Gehörnte Hirschmutter. Und hörte den fernen Klang des Wiegenglöckchens. Die Gehörnte Hirschmutter eilte herbei, am Geweih die Zauberwiege...

7

Frühmorgens erwachte der Junge von der Berührung einer Hand. Großvaters Hand war kalt von draußen. Unwillkürlich fröstelte der Junge.

»Bleib liegen, bleib liegen.« Der Großvater hauchte in die Hände, um sie zu wärmen, und befühlte dem Jungen die Stirn, dann legte er ihm die Hand auf Brust und Bauch. »Du bist ja krank«, sagte er bedrückt. »Hast Fieber. Und ich denk mir, warum bleibt er denn liegen? Er muß doch in die Schule.«

»Ich steh ja schon auf, gleich.« Der Junge hob den Kopf, doch vor seinen Augen drehte sich alles, und in den Ohren war ein Rauschen.

»Du stehst auf gar keinen Fall auf.«

Der Großvater drückte den Jungen wieder aufs Kissen. »Wer wird denn einen Kranken in die Schule bringen? Zeig doch mal die Zunge!«

Der Junge wollte nicht nachgeben.

»Die Lehrerin wird schimpfen. Sie hat es nicht gern, wenn jemand in der Schule fehlt.«

»Sie wird nicht schimpfen. Ich sage ihr Bescheid. Zeig schon die Zunge.«

Aufmerksam besah der Großvater Zunge und Hals des Jungen. Lange suchte er nach dem Puls.

Endlich ertasteten die von schwerer Arbeit mit Schwielen bedeckten harten Finger wie durch ein Wunder die Herzstöße an der heißen, verschwitzten Hand des Jungen.

Nachdem er Gewißheit gewonnen hatte, sagte er beruhigend: »Gott ist gnädig. Du bist nur leicht erkältet. Der Frost sitzt noch in dir. Heute bleibst du im Bett, und vor dem Schlaf reibe ich dir Füße und Brust mit heißem Hammelschwanzfett ein. Dann wirst du schwitzen und, so Gott will, morgen aufstehn, putzmunter wie ein Wildesel.«

Während der alte Momun auf dem Bett des Enkels saß und daran dachte, was sich am Vortag ereignet hatte und was ihm heute noch bevorstand, blickte er trübselig drein, seufzte und versank in Gedanken. »Gott verzeih's ihm«, flüsterte er seufzend.

»Wann hast du dir denn das Fieber geholt? Warum hast du nichts gesagt? Am Abend?« fragte er den Jungen.

»Ja, gegen Abend. Als ich die Marale hinterm Fluß sah. Da bin ich zu dir gelaufen. Und dann war mir kalt.«

Darauf sagte der alte Mann, und es klang sonderbar schuldbewußt: »Na schön... Bleib liegen, ich aber geh jetzt.«

Er stand auf, doch der Junge hielt ihn zurück.

»Ata, das war dort aber die Gehörnte Hirschmutter, nicht wahr? Die milchweiße, mit Augen, aus denen sie dreinblickte wie ein Mensch.«

»Dummchen.« Der alte Momun lächelte leise. »Mag es so sein, wie du willst. Vielleicht ist es auch die wundersame Hirschmutter«, sagte er dumpf, »wer weiß? Ich denke mir...«

Er beendete den Satz nicht. In der Tür erschien die Großmutter. Sie kam aus dem Hof gerannt, hatte bereits etwas herausbekommen.

»Geh hin, Alter«, sagte sie schon auf der Schwelle. Im selben Augenblick ließ Großvater Momun den Kopf hängen, wirkte jämmerlich und geknickt. »Sie wollen mit einem Laster den Stamm aus dem Fluß ziehn«, sagte die Großmutter, »also geh und tu, was sie befehlen... Meine Güte, die Milch ist ja noch nicht abgekocht!« rief sie erschrocken, machte Feuer im Herd und klapperte mit Geschirr.

Der alte Mann blickte finster drein. Er wollte etwas entgegnen, etwas dazu sagen, doch die Großmutter ließ ihn nicht zu Wort kommen.

»Was glotzt du so?« empörte sie sich. »Warum sträubst du dich? Uns beiden steht es nicht zu, aufsässig zu sein, du Unglückswurm. Was bist du schon gegen die? Du siehst doch, wer zu Oroskul gekommen ist. Was für ein Auto die haben. Wenn man das richtig belädt, befördert es zehn Stämme durchs Gebirge. Für Oroskul aber sind wir einfach Luft. Dabei habe ich ihm wirklich genug zugeredet und mich gedemütigt. Deine Tochter hat er nicht über die Schwelle gelassen. Nun sitzt sie, die Kinderlose, bei Sejdakmat. Weint sich die Augen aus dem Kopf. Und verflucht dich, ihren begriffsstutzigen Vater.«

»Jetzt reicht's aber.« Der alte Mann hielt es nicht länger aus, ging zur Tür und sagte: »Gib dem Jungen heiße Milch, er ist krank.«

»Ja doch, ich geb ihm heiße Milch, du aber geh, geh um Gottes willen.« Sie drängte den alten Mann hinaus und brummte: »Was ist bloß mit ihm los? Noch nie hat er jemandem widersprochen, er war immer ein stilles Wasser – und plötzlich... Dann hat er sich auch noch auf Oroskuls Pferd geschwungen und ist davongesprengt... Und alles deinetwegen!« Sie schoß einen bösen Blick zum Jungen hin. »Da hat er sich den Rechten ausgesucht, um für ihn eine Lippe zu riskieren!«

Dann aber brachte sie dem Jungen heiße Milch mit geschmolzener gelber Butter. Er verbrannte sich die Lippen. Doch die Großmutter ließ nicht locker: »Trink nur, trink sie möglichst heiß. Hab keine Angst. Eine Erkältung vertreibt man nur mit was Heißem.«

Der Junge verbrannte sich. Tränen traten ihm in die Augen. Plötzlich wurde die Großmutter gütig. »Na schön, laß sie abkühlen, wart ein Weilchen... Mußtest du ausgerechnet jetzt krank werden!« seufzte sie.

Der Junge mußte schon lange dringend Wasser lassen. Er stand auf und spürte im ganzen Körper sonderbare Mattigkeit. Doch schon sagte die Großmutter: »Warte, ich bringe dir gleich einen Topf.« Verlegen abgewandt, entleerte sich der Junge in den Topf und wunderte sich, daß sein Urin so gelb und heiß war.

Alsbald fühlte er sich erleichtert. Sein Kopf tat nicht mehr so weh. Ruhig lag er im Bett, war der Großmutter dankbar für ihr Entgegenkommen und dachte, er müsse bis zum nächsten Morgen wieder gesund sein und dann bestimmt in die Schule gehen. Und er dachte, er würde in der Schule von den drei Maralen erzählen, die sich bei ihnen im Wald gezeigt hatten, daß das weiße Muttertier die Gehörnte Hirschmutter sei, ein großes und kräftiges Kalb bei sich habe und einen braunen Maral mit riesigem Geweih, der stark sei und sie und ihr Kind vor den Wölfen beschütze. Außerdem wollte er ihnen erzählen, daß, wenn die Marale bei ihnen blieben und nicht wegzögen, die Gehörnte Hirschmutter Onkel Oroskul und Tante Bekej bald eine Zauberwiege bringen würde.

Die Marale aber gingen am Morgen zum Wasser hinab. Sie verließen den oberen Wald, als sich die Herbstsonne gerade halb übers Gebirge erhoben hatte. Je höher die Sonne stieg, desto heller und wärmer wurde es unten inmitten der Berge. Nach der nächtlichen Erstarrung lebte der Wald auf, erfüllte ihn ein Spiel von Licht und Farben.

Zwischen Bäumen den Weg sich bahnend, zogen die Marale gemächlich dahin, wärmten sich auf sonnigen Lichtungen und rupften taubenetzte Blätter von den Zweigen. Sie gingen in der gewohnten Reihenfolge: voran der gehörnte Bock, in der Mitte das Kalb und als letzte das breithüftige Muttertier. Die Gehörnte Hirschmutter. Die Marale nahmen den gleichen Weg, auf dem am Vortag Oroskul und Großvater Momun den unglückseligen Kiefernstamm zum Fluß geschleppt hatten. Die Spur war noch frisch auf der schwarzen Bergerde: eine Furche mit aufgerissenen Grasbüscheln. Sie führte zur Furt, wo sich der Stamm an einer Stromschnelle verfangen hatte.

Die Marale zogen dahin, weil diese Stelle ihnen eine gute Tränke bot. Oroskul, Sejdakmat und die beiden, die gekommen waren, das Holz zu holen, gingen dahin, um sich anzusehen, wie sie mit dem Laster am besten an den Stamm herankämen, den sie dann an einem Seil aus dem Fluß ziehen wollten. Großvater Momun trippelte als letzter mit hängendem Kopf hinterdrein. Er wußte nicht, wie er sich nach dem Skandal vom Vortag benehmen, was er tun sollte. Würde Oroskul ihn arbeiten lassen? Würde er ihn nicht wegjagen wie am Vortag, als er mit dem Pferd den Stamm herausziehen wollte? Wenn er nun fragen würde: Was willst du denn hier? Du weißt doch, daß du entlassen bist! Wenn er ihn im Beisein der Fremden beschimpfte und nach Hause schickte? Zweifel plagte den alten Mann, er ging wie zu einer Folter, aber er ging. Hinter ihm her lief die Großmutter – lief, als käme sie einfach so mit, aus Neugier. Aber in Wahrheit gab sie dem Alten ein wachsames Geleit. Sie trieb den Unermüdlichen Momun an, damit er sich mit Oroskul versöhnte und der ihm verzieh.

Oroskul trug die Nase hoch, spielte den großen Herrn. Er keuchte und schniefte beim Gehen und blickte streng nach rechts und links. Zwar tat ihm von der Sauferei noch der Kopf weh, doch seine Rachsucht war befriedigt. Wenn er sich umblickte, sah er Großvater Momun wie einen vom Herrn verprügelten Hund ergeben hinter ihnen hertrotten. Geschieht dir ganz recht, du wirst noch was ganz anderes erleben. Ich übersen dich einfach. Du bist für mich Luft. Wirst vor mir noch zu Kreuze kriechen, dachte Oroskul hämisch, denn er erinnerte sich, wie seine Frau in der vergangenen Nacht zu seinen Füßen gellend geschrien hatte, als er nach ihr trat und sie mit Fußtritten hinausjagte. Warte nur! Erst lasse ich die mit den Stämmen wegfahren, dann bringe ich die beiden zusammen, sollen sie sich zanken. Die kratzt ihrem Vater jetzt die Augen aus, ist zur Bestie, zur Wölfin geworden, dachte Oroskul, wenn im Gespräch mit dem Angereisten eine Pause eintrat. Der Mann hieß Köketai. Er war ein baumstarker, dunkelhäutiger Kerl, ein Kolchosbuchhalter aus dem Küstengebiet. Mit Oroskul war er schon lange befreundet. Vor zwölf Jahren hatte er sich ein Haus gebaut. Oroskul hatte ihm mit Holz geholfen. Hatte ihm billig

Rundholz verkauft, damit er es zu Brettern zersägen konnte. Später hatte der Mann seinen ältesten Sohn verheiratet und auch den jungen Leuten ein Haus gebaut. Und erneut hatte Oroskul sie mit Holz versorgt. Jetzt wollte Köketai den jüngeren Sohn selbständig machen, da brauchte er wieder Bauholz. Und wieder half ihm sein alter Freund Oroskul aus. Ein Elend, wie hart das Leben ist! Da tut man was und denkt, jetzt hat man seine Ruhe. Doch das Leben hat anderes vor. Und ohne Männer wie Oroskul geht es heutzutage nun mal nicht.

»So Gott will, laden wir dich bald zur Einzugsfeier. Dann kommst du zu uns, und wir machen mal tüchtig einen drauf«, sagte Köketai zu Oroskul.

Der schniefte selbstgefällig und paffte eine Papirossa.

»Danke. Werden wir eingeladen, dann lehnen wir nicht ab, wenn nicht, drängen wir uns nicht auf. Wenn du mich einlädst, komme ich. Schließlich bin ich nicht das erstemal dein Gast. Ich denk mir grade: Willst du nicht lieber den Abend abwarten und dann im Dunkeln fahren? Du mußt auf jeden Fall unbemerkt durch den Sowchos kommen. Laß dich bloß nicht schnappen!«

»Da hast du schon recht.« Köketai schwankte. »Aber bis zum Abend ist es noch weit. Wir fahren ganz ruhig. Posten stehen doch da nicht, die uns kontrollieren könnten? Nur wenn wir zufällig auf Miliz oder sonstwen stießen...«

»Das ist es ja grade«, brummte Oroskul und verzog das Gesicht vor Sodbrennen und Kopfschmerzen. »Hundert Jahre fährt man geschäftlich und trifft keinen Hund auf der Straße, fährt man aber einmal in hundert Jahren Holz, dann packen sie einen beim Wickel. So ist das immer.«

Sie verstummten, und jeder hing seinen Gedanken nach. Oroskul war jetzt sehr erbost, daß sie am Vortag den Stamm im Fluß hatten liegenlassen müssen. Hätte das Holz zum Abholen bereitgelegen, dann hätten sie es noch in der Nacht aufgeladen, und im Morgengrauen wäre der Laster auf und davon gewesen. Daß sie so ein Pech haben mußten! Und schuld war nur der alte Schwachkopf Momun, der plötzlich aufgemuckt hatte, seinem Vorgesetzten nicht mehr gehorchen, sich nicht mehr unterordnen wollte. Na schön! Ungeschoren kommst du nicht davon!

Die Marale tranken Wasser, als die Männer am anderen Ufer zum Fluß kamen. Sonderbare Wesen, diese Menschen, hektisch und laut. Sie waren so mit ihren Angelegenheiten und Gesprächen beschäftigt, daß sie die Tiere auf der anderen Flußseite gar nicht bemerkten.

Die Marale standen in den von der Morgensonne roten Sträuchern, wobei sie auf dem Geröll bis über die Fesseln ins seichte Uferwasser traten. Sie tranken bedächtig, in kleinen Schlucken, mit Unterbrechungen. Das Wasser war eiskalt. Doch die Sonne wärmte es allmählich, es wurde immer angenehmer. Die Marale stillten ihren Durst und genossen die Sonne. Auf ihren Rücken trocknete der auf ihrem Weg reichlich von den Zweigen gefallene Tau.

Leichter Dampf stieg von ihren Rücken auf. Geruhsam und idyllisch war der Morgen.

Die Leute bemerkten die Marale nicht. Ein Mann ging zurück zum Wagen, die anderen blieben am Ufer. Die Ohren sacht bewegend, horchten die Marale feinnervig auf die hin und wieder zu ihnen dringenden Stimmen, und sie erstarrten mit zuckendem Fell, als am anderen Ufer das Auto mit Hänger auftauchte. Es ratterte und rumpelte. Die Marale rührten sich und wollten schon weglaufen. Doch unversehens blieb das Auto stehen, heulte und ratterte nicht mehr. Die Tiere zögerten, dann aber bewegten sie sich doch vom Fleck. Die Menschen am anderen Ufer redeten gar zu laut und benahmen sich gar zu hektisch.

Gemächlich gingen die Marale hintereinander durch das niedrige Ufergebüsch, bisweilen tauchten ihre Rücken und Geweihe aus den Sträuchern. Die Leute bemerkten sie nicht. Erst als die Marale eine offene Lichtung mit trockenem, vom Hochwasser zurückgebliebenem Sand überquerten, sahen die Menschen sie wie auf dem Handteller. Auf fliederfarbenem

Sand, im hellen Sonnenlicht. Und sie erstarrten mit aufgerissenen Mündern in verschiedenen Stellungen.

»Sieh nur, sieh, was ist denn das?« rief als erster Sejdakmat. »Hirsche! Woher kommen die wohl?«

»Was schreist du so, was soll das Gejohle! Von wegen Hirsche – das sind Marale. Wir haben sie gestern schon gesehen«, sagte Oroskul achtlos. »Woher sie kommen? Sie sind eben da.«

»Eine Pracht!« rief der baumstarke Köketai begeistert und knöpfte sich vor Erregung den drückenden Hemdkragen auf. »Sind die glatt! Und so gut im Futter!«

»Und das Muttertier! Wie das geht!« fiel der Fahrer ein und machte Stielaugen. »Weiß Gott, groß wie eine zweijährige Stute. So was seh ich zum ersten Mal.«

»Und erst der Bulle! Das Geweih! Wie er das trägt! Und sie haben keine Angst! Woher kommen die nur, Oroskul?« forschte Köketai mit begehrlich funkelnden Schweinsäuglein.

»Aus dem Naturschutzgebiet«, antwortete Oroskul selbstgefällig mit der Würde des Gastgebers. »Gekommen sind sie übern Paß, von der anderen Seite. Und Angst? Sie wurden eben noch nie erschreckt, da haben sie keine Angst.«

»Ach, jetzt müßte man ein Gewehr haben!« Sejdakmat machte seinem Herzen Luft. »Das gäbe etwa zwei Zentner Fleisch, nicht wahr?«

Momun, der bisher scheu abseits gestanden hatte, riß die Geduld. »Na hör mal, Sejdakmat. Sie zu jagen ist verboten«, sagte er leise.

Oroskul sah den Alten von der Seite finster an. Reiß du nur das Maul auf, dachte er haßerfüllt. Er wollte ihn so zusammenstauchen, daß er total erledigt war, hielt sich aber zurück. Immerhin waren Fremde anwesend.

»Was soll schon die Belehrung«, sagte er gereizt, ohne Momun anzusehen. »Sie zu jagen ist dort verboten, wo sie heimisch sind. Bei uns sind sie es nicht. Also sind wir für sie nicht verantwortlich. Ist das klar?« Er warf dem Alten einen strengen Blick zu.

»Ja«, erwiderte Momun unterwürfig und ging mit hängendem Kopf beiseite.

Da zupfte ihn die Großmutter noch einmal heimlich am Ärmel.

»Halt doch endlich den Mund«, zischte sie vorwurfsvoll.

Alle schlugen wie beschämt die Augen nieder. Erneut blickten sie den auf dem steilen Pfad das Weite suchenden Tieren nach. Hintereinander erklommen die Marale den Steilhang. Voran der braune Bulle, der stolz sein mächtiges Geweih trug, hinter ihm das hornlose Kalb und als letzte die Gehörnte Hirschmutter. Vor dem Hintergrund einer lehmigen Wand zeichneten sich die Marale deutlich und graziös ab. Jede ihrer Bewegungen, jeder ihrer Schritte war zu sehen.

»Sind die schön!« Der Fahrer, ein sehr friedlich wirkender junger Kerl mit Glotzaugen, konnte seine Begeisterung nicht verhehlen. »Schade, daß ich den Fotoapparat nicht mit habe, das wär ein Bild...«

»Na ja, schön sind sie schon«, unterbrach ihn Oroskul. »Aber kein Grund zum Rumstehn. Schönsein macht nicht satt. Fahren wir lieber den Wagen rückwärts ans Ufer, direkt ans Wasser. Und du, Sejdakmat, zieh dir die Schuhe aus«, befahl er, sich im stillen an seiner Macht berauschend. »Du auch«, wies er den Fahrer an. »Und dann befestigt ihr das Seil am Stamm. Aber fix. Es gibt noch anderes zu tun.«

Sejdakmat wollte die Stiefel ausziehen. Sie waren ihm zu eng.

»Was siehst du zu? Hilf ihm!« Die Großmutter gab Momun unbemerkt einen Schubs. »Zieh dir auch die Schuhe aus, und geh ins Wasser«, flüsterte sie böse.

Großvater Momun half rasch Sejdakmat aus den Stiefeln und zog sich selber schnell die Schuhe aus. Inzwischen wiesen Oroskul und Köketai das Auto ein.

»Hierher, hierher.«

»Weiter links, noch weiter. Ja, so.«

»Noch etwas.«

Als die Marale den für sie ungewohnten Autolärm hörten,

beschleunigten sie den Schritt. Beunruhigt blickten sie sich um, sprangen den Steilhang hinauf und verschwanden zwischen Birken.

»Ach, sie sind weg!« rief Köketai verdutzt. Er rief es bedauernd, als wäre ihm eine Beute entwischt.

»Macht nichts, die kriegen wir noch!« prahlte Oroskul, der seine Gedanken erriet und sich darüber freute. »Du fährst nicht vor Abend weg. Bist mein Gast. Gott will es so. Und ich bewirte dich prächtig.« Lachend klopfte er dem Freund auf die Schulter. Oroskul konnte auch fröhlich sein.

»Nun, wie du meinst – du bist der Hausherr, ich bin der Gast.«

Der baumstarke Köketai ließ sich überreden und bleckte lächelnd große gelbe Zähne.

Das Auto stand schon am Ufer, mit den Hinterrädern im Wasser. Weiter hineinzufahren wagte der Fahrer nicht. Nun mußten sie das Seil zum Stamm ziehen. Falls es lang genug war, würde es nicht besonders schwer sein, den Stamm zwischen den Unterwassersteinen hervorzuziehen.

Das Seil war aus Stahl, lang und schwer. Sie mußten es durchs Wasser zum Stamm schleppen. Der Fahrer zog nur ungern die Schuhe aus, er betrachtete das Wasser schaudernd. Noch war ihm nicht ganz klar: Sollte er mit Stiefeln in den Fluß gehen oder sie lieber ausziehen? Am besten wohl doch barfuß, dachte er. Das Wasser schwappt doch in die Schäfte. Es reicht ja fast bis zur Hüfte. Und dann kann ich den ganzen Tag in nassem Schuhwerk rumlaufen. Zugleich stellte er sich vor, wie kalt das Flußwasser jetzt sein mußte. Das kam Großvater Momun gelegen.

»Zieh dir die Stiefel nicht aus, Söhnchen«, sagte er und kam angerannt. »Das erledige ich mit Sejdakmat.«

»Nicht doch, Aksakal«, wandte der Fahrer betroffen ein.

»Du bist unser Gast, wir sind Hiesige, setz du dich ans Lenkrad«, forderte Großvater Momun ihn auf.

Sejdakmat und er steckten eine Stange durch die Trommel des Stahlseils, während sie es aber durchs Wasser zogen, jammerte und fluchte Sejdakmat: »Au, au, das ist ja Eis und kein Wasser!«

Oroskul und Köketai lachten herablassend und redeten ihm gut zu: »Nur Mut! Nur Mut! Es findet sich schon was zum Aufwärmen!«

Großvater Momun aber sagte keinen Mucks. Er spürte die Eiseskälte gar nicht. Mit eingezogenem Kopf, um sich kleiner zu machen, ging er barfuß auf den glitschigen Unterwassersteinen und erflehte von Gott nur eines: daß Oroskul ihn nicht zurückrief, ihn nicht wegjagte, ihn nicht vor anderen Leuten beschimpfte, daß er ihm, dem dummen und unglücklichen alten Mann, verzieh.

Und Oroskul sagte nichts. Er schien Momuns Eifer nicht einmal zu bemerken, für ihn war er gar kein Mensch. Insgeheim aber triumphierte er, weil er den Widerstand des Alten am Ende doch gebrochen hatte. Ja, ja, dachte Oroskul hämisch grinsend, jetzt kommt er angekrochen und fällt mir zu Füßen. Schade, daß ich nicht mehr Macht habe, ich würde noch ganz andere kleinkriegen! Würde ganz andere zwingen, im Staub zu kriechen. Wenigstens einen Kolchos oder Sowchos müßten sie mir geben. Ich würde schon für Ordnung sorgen. Die haben ja das Volk einfach versaut. Und jetzt beklagen sie sich: Der Vorsitzende wird nicht respektiert, der Direktor wird nicht respektiert. Da kommt so ein Schafhirt daher und redet mit der Obrigkeit wie mit seinesgleichen. Dummköpfe sind sie, verdienen keine Machtposition. Darf man denn die so behandeln? Es gab mal eine Zeit, da rollten die Köpfe, und keiner sagte einen Mucks. Das war in Ordnung! Und jetzt? Sogar dem letzten Dreck kommt es plötzlich in den Sinn zu widersprechen. Na schön, kriech nur vor mir, immer kriech, sagte sich Oroskul schadenfroh und blickte ab und an zu Momun hin.

Der aber stapfte gekrümmt durch das eisige Wasser und zog mit Sejdakmat das Seil, zufrieden, daß Oroskul ihm anscheinend vergeben hatte. Verzeih mir altem Mann schon, daß es so gekommen ist, wandte er sich in Gedanken an

Oroskul. Gestern habe ich es einfach nicht mehr ausgehalten, bin zum Enkel in die Schule geritten. Er ist doch mutterseelenallein, tut mir leid. Und heute ist er nicht in die Schule gegangen. Ist krank geworden. Vergiß es, verzeih. Du bist für mich doch auch kein Fremder. Denkst du etwa, ich wünsche dir und meiner Tochter nicht Glück? Wenn Gott es gäbe und ich den Schrei des Neugeborenen deiner Frau, meiner Tochter, hören könnte – mag ich auf der Stelle erstarren, mag Gott meine Seele sofort zu sich nehmen. Trotzdem würde ich vor Glück weinen, das schwöre ich. Nur kränke meine Tochter nicht und verzeih mir. Und arbeiten will ich, solange ich mich auf den Beinen halte, ich werde alles abarbeiten, alles tun. Du mußt mir nur sagen, was.

Die Großmutter, die ein wenig abseits am Ufer stand, bedeutete Momun mit ihrem ganzen Äußeren, mit ihren Gesten: Streng dich an, Alter! Du siehst ja, er hat dir verziehn. Tu, was ich dir sage, und alles wird gut.

Der Junge schlief. Wach wurde er nur einmal, als irgendwo ein Schuß knallte. Gleich darauf schlummerte er wieder ein. Entkräftet von der gestrigen Schlaflosigkeit und von der Krankheit, schlief er tief und ruhig. Und im Schlaf spürte er, wie schön es ist, lang ausgestreckt im Bett zu liegen, ohne Fieber und Schüttelfrost. Wahrscheinlich hätte er sehr lange durchgeschlafen, wären nicht die Großmutter und Tante Bekej gewesen. Sie gaben sich zwar Mühe, nicht laut zu sprechen, klapperten aber mit Geschirr, und davon wurde der Junge wach.

»Halt mal die große Schale. Und nimm die Schüssel«, flüsterte die Großmutter aufgeregt im Vorraum. »Ich bringe dann den Eimer und ein Sieb. Ach, mein Kreuz! Ich bin ganz kaputt. Soviel hatte ich zu tun! Aber Gott sei Dank, ich bin ja so froh!«

»Ach, Eneke, ich auch. Gestern wollte ich noch sterben. Wäre nicht Güldshamal gewesen, ich hätte Hand an mich gelegt.«

»Sag so was nicht wieder«, wies die Großmutter sie zurecht. »Hast du den Pfeffer mitgenommen? Komm. Gott selbst hat uns seine Gabe gesandt, damit ihr euch versöhnt. Komm schon, komm.«

Während sie das Haus verließen, bereits auf der Schwelle, fragte Tante Bekej die Großmutter: »Schläft er denn immer noch?«

»Soll er ruhig noch ein Weilchen schlafen«, antwortete die Großmutter. »Wenn alles fertig ist, bringen wir ihm heiße Fleischbrühe.«

Der Junge schlief aber nicht wieder ein. Vom Hof hörte er Schritte und Stimmen. Tante Bekej lachte. Güldshamal und die Großmutter antworteten gleichfalls mit Lachen. Auch unbekannte Stimmen drangen an sein Ohr. Das sind sicherlich die Männer, die nachts gekommen sind, dachte der Junge. Also sind sie noch nicht weggefahren. Nur Großvater Momun war weder zu hören noch zu sehen. Wo mochte er sein? Was machte er?

Während der Junge auf die Stimmen von draußen horchte, wartete er auf den Großvater. Zu gern hätte er mit ihm über die Marale gesprochen, die er am Vortag gesehen hatte. Bald war doch Winter. Man müßte für sie etwas Heu im Wald lassen. Das konnten sie fressen. Man müßte sie so zähmen, daß sie die Menschen gar nicht mehr fürchteten, sondern geradewegs über den Fluß in den Hof kamen. Hier aber könnten sie ihnen geben, was sie am liebsten mochten. Was konnte das sein? Er würde das Maralkalb so zähmen, daß es ihm überallhin folgte. Das wäre schön! Vielleicht würde es sogar mit ihm in die Schule gehn?

Der Junge wartete auf den Großvater, aber der kam nicht. Unversehens erschien Sejdakmat. Er wirkte höchst zufrieden. Lustig. Schwankte und griente in sich hinein. Als er näher kam, stieg dem Jungen Schnapsdunst in die Nase. Der Junge mochte den widerlichen, scharfen Geruch nicht, denn er erinnerte ihn an Oroskuls Herrschaftsgelüste und an Großvaters und Tante Bekejs Leiden. Doch anders als Oroskul wurde Sejdakmat, wenn er getrunken hatte, gütig, lustig und harmlos dümmlich, obwohl er sich auch nüchtern nicht gerade durch Geistesblitze auszeichnete.

Zwischen ihm und Großvater Momun entspann sich in derlei Fällen gewöhnlich etwa folgendes Gespräch: »Was grinst du so dämlich, Sejdakmat? Hast du wieder mal einen sitzen?«

»Aksakal, ich hab dich ja so lieb! Wie einen Vater, Ehrenwort, Aksakal!«

»Das – in deinem Alter! Andere fahren Laster, du aber beherrschst nicht mal deine Zunge. Wäre ich in deinem Alter, ich würde zumindest auf einem Traktor sitzen!«

»Aksakal, in der Armee hat der Kommandeur zu mir gesagt, ich tauge nicht zu so was. Dafür war ich beim Fußvolk, Aksakal, und ohne Infanterie läuft gar nichts.«

»Infanterie! Ein Drückeberger bist du, kein Infanterist! Deine Frau aber... Wo hat Gott nur seine Augen! Hundert solche wie du sind die eine Güldshamal nicht wert!«

»Deshalb sind wir ja auch hier, Aksakal. Ich allein und sie allein.«

»Dir ist nicht zu helfen. Gesund bist du wie ein Stier, aber Verstand...« Der Großvater winkte hoffnungslos ab.

»Muh, muh, muh!« Sejdakmat lachte nur hinter ihm her. Dann blieb er mitten im Hof stehen und stimmte ein seltsames Lied an, das er wer weiß wo gehört hatte:

> »*Von den roten, roten Bergen*
> *komm ich geritten auf einem roten Hengst.*
> *He, roter Kaufmann, mach auf die Tür,*
> *trinken wir roten Wein!*
>
> *Von den braunen, braunen Bergen*
> *komm ich geritten auf einem braunen Stier.*
> *He, brauner Kaufmann, mach auf die Tür,*
> *trinken wir braunen Wein!*«

So konnte das endlos weitergehen, denn er kam von den Bergen auch auf einem Kamel, einem Hahn, einer Maus, einer Schildkröte geritten – auf allem, was sich nur fortbewegte. Der betrunkene Sejdakmat gefiel dem Jungen sogar besser als der nüchterne.

Als daher der beschwipste Sejdakmat erschien, lächelte der Junge ihn freundlich an.

»Ha!« rief Sejdakmat verwundert. »Ich habe gehört, du bist krank. Dabei stimmt das gar nicht. Warum läufst du nicht draußen rum? So geht das nicht.« Er ließ sich neben ihm aufs Bett fallen, und während dem Jungen Schnapsdunst entgegenschlug und der Geruch von frischem, rohem Fleisch, der von Sejdakmats Händen und Kleidung ausging, begann er ihn abzudrücken und zu küssen. Seine stoppeligen Wangen verbrannten dem Jungen das Gesicht.

»Jetzt reicht's aber, Onkel Sejdakmat«, sagte der Junge. »Wo ist eigentlich der Großvater, hast du ihn nicht gesehn?«

»Dein Großvater hat dort das Dingsbums...«, er fuhr mit den Händen durch die Luft, »wir haben diesen... den Stamm aus dem Wasser gezogen. Und dann zum Aufwärmen einen gehoben. Und jetzt kocht er das Dingsbums, das Fleisch. Steh auf. Zieh dich an und komm. Na klar! Das – ist doch nicht richtig. Wir alle sind dort, und du bist hier allein.«

»Großvater hat gesagt, ich darf nicht aufstehn«, sagte der Junge.

»Hör nicht auf ihn. Komm, wir sehen uns das an. So was gibt's nicht alle Tage. Heute haben wir ein Festessen. Heute machen wir Fettlebe! Steh auf!«

Unbeholfen in seiner Trunkenheit, wollte er den Jungen anziehen.

»Ich kann's allein«, versuchte der Junge ihn loszuwerden. Ihm wurde wieder schwindlig.

Der betrunkene Sejdakmat achtete nicht darauf. Er meinte Gutes zu tun, denn der Junge war allein im Haus, dabei machten sie eine solche Fettlebe.

Taumelnd ging der Junge hinter Sejdakmat aus dem Haus.

Der Tag im Gebirge war windig, der Himmel hatte sich etwas bewölkt. Während der Junge die Veranda überquerte, schlug das Wetter zweimal um – von unerträglich hellem Sonnenlicht zu unangenehmer Düsternis. Der Junge bekam Kopfschmerzen. Ein Windstoß trieb ihm den Rauch offenen Feuers ins Gesicht. Seine Augen brannten. Sie waschen wohl heute, dachte der Junge, denn gewöhnlich wurde am Tag der großen Wäsche im Hof Feuer gemacht. Dann wärmten sie in einem riesigen schwarzen Kessel Wasser für alle drei Häuser. Einer allein konnte den Kessel nicht heben. Tante Bekej und Güldshamal machten es zusammen.

Der Junge liebte den Waschtag. Erstens war da das Feuer im offenen Herd – er konnte mit dem Feuer spielen, im Haus durfte er das nicht. Zweitens hatte er Freude am Wäscheaufhängen. Weiße, blaue und rote Wäschestücke auf der Leine machen einen Hof schön. Er schlich sich auch gern an die Wäsche heran und hielt die Wange an den feuchten Stoff.

Diesmal war auf dem Hof keine Wäsche. Aber sie hatten ein starkes Feuer entfacht – dichter Dampf quoll aus dem kochenden Kessel, der bis zum Rand voll großer Fleischstücke war. Das Fleisch war schon gar; sein Duft und der Geruch des Feuers stiegen lieblich in die Nase und ließen das Wasser im Mund zusammenlaufen. Tante Bekej in ihrem neuen roten Kleid, in neuen Chromlederstiefeln und mit einem auf die Schultern geglittenen geblümten Tuch schöpfte, über den Kessel geneigt, den Schaum ab, Großvater Momun aber kniete neben ihr und legte Holzscheite im Herd nach.

»Da ist ja dein Großvater«, sagte Sejdakmat zu dem Jungen. »Komm.«

Er wollte gerade anstimmen:

Von den roten, roten Bergen
komm ich geritten auf einem roten Hengst...

da blickte Oroskul mit seinem kahlgeschorenen Kopf, ein

Beil in der Hand und die Hemdsärmel aufgekrempelt, aus dem Schuppen.

»Wo bist du denn geblieben?« rief er Sejdakmat wütend zu. »Unser Gast hackt Holz«, er nickte zum Fahrer hin, der Scheite spaltete, »und du singst.«

»Das haben wir im Handumdrehn erledigt«, beruhigte ihn Sejdakmat und ging zum Fahrer. »Laß mich das machen, Bruder.«

Der Junge aber näherte sich dem Großvater, der neben dem Herd kniete. Er trat von hinten an ihn heran.

»Ata«, sagte er.

Der Großvater hörte nicht.

»Ata«, sagte der Junge und tippte den Großvater an die Schulter.

Der alte Mann sah sich um, und der Junge erkannte ihn nicht wieder. Der Großvater war ebenfalls betrunken. Der Junge konnte sich nicht entsinnen, ihn je auch nur angeheitert gesehen zu haben. Wenn das überhaupt vorgekommen war, dann allenfalls auf einer Gedenkfeier für einen verstorbenen Greis vom Issyk-Kul, wo man allen Wodka reichte, sogar den Frauen. Aber einfach so – das hatte es noch nie gegeben.

Der alte Mann warf dem Jungen einen sonderbar abwesenden, wilden Blick zu. Sein Gesicht war erhitzt und rot, und als er den Jungen erkannte, wurde es noch dunkler – flammendrot, und dann schneeweiß. Hastig erhob er sich.

»Was willst du denn hier?« sagte er dumpf und drückte den Enkel an sich. »Was willst du?« Mehr brachte er nicht über die Lippen; er schien die Sprache verloren zu haben.

Seine Erregung übertrug sich auf den Jungen.

»Bist du krank, Ata?« fragte er besorgt.

»Nein, nein, ich bin einfach...«, murmelte Großvater Momun. »Geh, lauf ein bißchen rum. Ich muß hier das Dingsbums, das Holz...«

Er stieß den Enkel fast von sich; und als wolle er sich von der ganzen Welt abkehren, wandte er sich wieder dem Herd zu. Er kniete und sah sich nicht um, blickte nirgendwohin, war nur mit sich und dem Feuer beschäftigt. Er sah nicht, wie sein Enkel verwirrt von einem Fuß auf den anderen trat und dann über den Hof zu dem Holz hackenden Sejdakmat lief.

Der Junge begriff nicht, was dem Großvater zugestoßen war und was auf dem Hof vor sich ging. Erst als er sich dem Schuppen näherte, fiel ihm ein Berg frisches rotes Fleisch auf, das auf einem mit den Haaren nach unten auf der Erde ausgebreiteten Fell lag. Von den Rändern des Fells sickerte noch in bleichen Rinnsalen Blut. Etwas weiter weg, dort, wo die Abfälle lagen, verschlang ein Hund knurrend Innereien. Neben dem Fleischhaufen hockte wie ein Steinbrocken ein baumstarker, dunkelhäutiger Fremder. Es war Köketai. Ein Messer in der Hand, teilte er gemeinsam mit Oroskul das Fleisch. Gelassen und bedächtig warfen sie abgetrennte Knochen mit Fleisch an verschiedene Stellen des ausgebreiteten Fells.

»Da lacht das Herz! Wie das riecht!« sagte der baumstarke, dunkelhäutige Mann in tiefem Baß und schnupperte am Fleisch.

»Nimm nur, nimm, und wirf's auf deinen Haufen«, bot ihm Oroskul großzügig an. »Gott hat es uns aus seiner Herde am Tag deiner Ankunft beschert. So was gibt's nicht jeden Tag.«

Dabei ächzte er, stand immer wieder auf und strich über seinen prallen Bauch, als hätte er sich überfressen; und es war zu sehen, daß er schon tüchtig einen gehoben hatte. Er keuchte, krächzte und warf den Kopf zurück, um Luft zu bekommen. Sein wie ein Kuheuter fleischiges Gesicht glänzte selbstzufrieden und satt.

Der Junge war wie vom Blitz getroffen, und ihn schauderte, als er an der Schuppenmauer einen gehörnten Maralkopf erblickte. Der abgeschlagene Kopf lag im Staub, der über und über voll dunkler Blutflecke war. Er erinnerte an einen Baumknorren am Weg. Neben dem Kopf lagen die vier am Kniegelenk abgehackten Beine mit den Hufen.

Entsetzt blickte der Junge auf dieses schreckliche Bild. Er traute seinen Augen nicht. Vor ihm lag der Kopf der Gehörnten Hirschmutter. Er wollte weglaufen, doch die Beine gehorchten ihm nicht. Da stand er nun und schaute auf den verschandelten toten Kopf der weißen Maralkuh, die gestern noch die Gehörnte Hirschmutter gewesen war, gestern ihn noch vom anderen Flußufer gütig und aufmerksam angesehen hatte – ebendie, mit der er sich in Gedanken unterhalten und die er angefleht hatte, auf ihrem Geweih eine Zauberwiege mit einem Glöckchen zu bringen. All das hatte sich unversehens in einen unförmigen Haufen Fleisch, ein abgezogenes Fell, abgehackte Beine und einen weggeworfenen Kopf verwandelt.

Er hätte weggehen müssen, doch er stand da wie versteinert und konnte nicht fassen, wie und warum das geschehen war. Der dunkelhäutige, baumstarke Mann, der das Fleisch zerteilte, stieß die Messerspitze in eine Niere und reichte sie dem Jungen.

»Da, brat sie dir auf Holzkohle, das schmeckt«, sagte er.

»Nimm!« befahl Oroskul.

Der Junge streckte unwillkürlich die Hand aus und stand nun da, in der kalten Hand die noch warme, zarte Niere der Gehörnten Hirschmutter. Oroskul hob den Kopf der weißen Maralkuh am Geweih hoch. »Ist der aber schwer!« Er wog ihn in der Hand. »Was mag allein das Geweih wiegen!«

Er legte den Kopf seitlich auf den Hackklotz und ergriff die Axt, um das Geweih abzuschlagen.

»Hat das Schaufeln!« rief er und schlug das Beil krachend in den Ansatz des Geweihs. »Das kriegt der Großvater.« Er blinzelte dem Jungen zu. »Wenn er tot ist, stellen wir ihm das Geweih aufs Grab. Da soll noch einer sagen, wir achten ihn nicht. Mehr geht gar nicht! Sogar für ein solches Geweih noch heute zu sterben wäre keine Sünde!« Er lachte schallend und schwang die Axt.

Das Geweih gab nicht nach. Offenbar ließ es sich nicht so einfach abschlagen. Der betrunkene Oroskul hatte keinen

Erfolg, und das erboste ihn. Der Kopf fiel vom Hackklotz. Da schlug Oroskul unten auf ihn ein. Der Kopf sprang beiseite, und Oroskul rannte mit der Axt hinterher.

Der Junge zitterte, prallte bei jedem Schlag unwillkürlich zurück, brachte es aber nicht übers Herz wegzulaufen. Von einer grausigen, unbegreiflichen Kraft an einen Fleck gefesselt, stand er wie in einem Alptraum da und konnte nicht fassen, daß das glasige, starre Auge der Gehörnten Hirschmutter auf das Beil nicht reagierte. Es zwinkerte nicht, wurde nicht vor Angst zugekniffen. Lange schon hatte der Kopf in Schmutz und Staub herumgelegen, doch das Auge war klar geblieben, es schien noch immer stumm und starr vor Verwunderung in die Welt zu blicken, in der der Tod es ereilt hatte. Der Junge fürchtete, der betrunkene Oroskul könne das Auge treffen.

Das Geweih aber gab nicht nach. Oroskul fuhr immer mehr aus der Haut, ergrimmte immer mehr und schlug nun schon auf den Kopf ein, wie es sich gerade traf – mal mit dem Beilrücken und mal mit der Schneide.

»So haust du doch das Geweih kaputt. Gib mir die Axt!« sagte Sejdakmat und trat zu ihm.

»Weg da! Das mach ich selber! Von wegen kaputthaun!« krächzte Oroskul und schwang die Axt.

»Wie du meinst.«

Sejdakmat spuckte aus und ging nach Hause.

Ihm folgte der baumstarke, dunkelhäutige Mann. In einem Sack schleppte er seinen Anteil von dem Fleisch.

Oroskul aber bemühte sich hinter dem Schuppen mit der Sturheit eines Betrunkenen weiterhin, den Kopf der Gehörnten Hirschmutter kurz und klein zu schlagen. Man hätte denken können, er übe eine lang ersehnte Rache.

»Du Scheißding!« schimpfte er mit Schaum vor dem Mund und versetzte dem toten Kopf einen Fußtritt, als könne der ihn hören. »Na warte!« Immer wieder schlug er mit dem Beil zu. »Der Teufel soll mich holen, wenn ich mit dir nicht fertig werde. Da hast du's! Da!« Er hieb auf den Schädel ein.

Der Schädel krachte, Knochensplitter flogen umher.

Der Junge schrie auf, als das Beil unversehens ein Auge traf. Aus der zerfetzten Augenhöhle spritzte eine dunkle, zähe Flüssigkeit. Das Auge war gestorben, verschwunden, leer geworden.

»Ich kann noch ganz andere Köpfe zerschmettern! Zerbrech noch ganz andere Hörner!« brüllte Oroskul in einem Anfall wilder Wut und blinden Hasses auf den unschuldigen Kopf.

Endlich gelang es ihm, den Schädel an Scheitel und Stirn einzuschlagen. Da warf er das Beil weg, packte mit beiden Händen die Hörner, drückte den Kopf mit den Füßen an die Erde und drehte das Geweih mit roher Kraft heraus. Er riß die Hörner heraus, und sie knarrten wie Wurzeln. Es waren die Hörner, an denen auf das Flehen des Jungen hin die Gehörnte Hirschmutter Oroskul und Tante Bekej die Zauberwiege hatte bringen sollen...

Dem Jungen wurde schlecht. Er wandte sich ab, ließ die Niere fallen und trottete langsam davon. Er hatte große Angst, er könne fallen oder ihm könne vor aller Augen übel werden. Bleich, kalten und klebrigen Schweiß auf der Stirn, ging er am Herd vorbei, in dem wie wild das Feuer loderte, über dem heißer Dampf aus dem Kessel stieg und bei dem wie zuvor, von allen Leuten abgewandt, mit dem Gesicht zum Feuer der unglückliche Großvater Momun saß. Der Junge wollte den Großvater nicht stören. Er wollte möglichst schnell wieder ins Bett, sich hinlegen und die Decke über den Kopf ziehen. Nichts sehen, nichts hören. Vergessen.

Ihm entgegen kam Tante Bekej. Albern herausgeputzt, aber mit blauroten Spuren von Oroskuls Schlägen im Gesicht, dürr und unangebracht fröhlich, eilte sie hin und her, um das »große Fleisch« zuzubereiten.

»Was hast du denn?« fragte sie den Jungen.

»Mir tut der Kopf weh«, sagte er.

»Ach, du armer Kranker«, rief sie plötzlich in einer Anwandlung von Zärtlichkeit und küßte ihn ab.

Auch sie war betrunken. Auch sie roch widerwärtig nach Wodka.

»Der Kopf tut ihm weh«, murmelte sie gerührt. »Mein lieber Kleiner! Du möchtest doch bestimmt was essen?«

»Nein, nein, ich will mich hinlegen.«

»Na, dann komm, komm, ich bring dich ins Bett. Warum sollst du mutterseelenallein hier liegen. Alle werden bei uns sein. Die Gäste und unsere Leute. Das Fleisch ist schon gar.« Sie zog ihn mit sich.

Als sie wieder am Herd vorübergingen, tauchte hinterm Schuppen hervor Oroskul auf – verschwitzt und rot wie ein entzündetes Euter. Stolz warf er das abgeschlagene Maralgeweih neben Momun auf die Erde. Der Alte richtete sich auf.

Ohne ihn anzusehen, ergriff Oroskul einen Eimer mit Wasser, bog sich zurück und trank. Dabei begoß er sich.

»Jetzt kannst du sterben«, bedeutete er Momun, während er den Eimer kurz absetzte, ehe er weitertrank.

Der Junge hörte den Großvater lallen: »Danke, Söhnchen, danke. Jetzt habe ich vor dem Sterben keine Angst mehr. Wie sollte ich auch, genieße ich doch Achtung und Ehre.«

»Ich geh nach Hause«, sagte der Junge, der die Schwäche in seinem Körper spürte.

Tante Bekej wollte nichts davon hören. »Du kannst nicht allein dort bleiben.« Sie zog ihn fast gewaltsam ins Haus und legte ihn in das Bett in der Ecke.

In Oroskuls Haus war alles schon für das Festmahl vorbereitet, war alles gekocht, gebraten und angerichtet. Es war das Werk von Großmutter und Güldshamal. Tante Bekej rannte zwischen Haus und Herd hin und her. Oroskul aber und der baumstarke, dunkelhäutige Köketai hatten sich, Kissen unter den Ellenbogen, auf bunten Decken ausgestreckt und tranken in Erwartung des »großen Fleisches« genüßlich Tee. Sie spielten sich auf und kamen sich vor wie Fürsten. Sejdakmat goß ihnen immer wieder etwas Tee in die Schalen.

Der Junge lag still in seiner Ecke, gehemmt und verspannt.

Er hatte wieder Schüttelfrost. Gern wäre er aufgestanden und weggegangen, doch er fürchtete, er müsse sich übergeben, sowie er das Bett verließ. Krampfhaft hielt er den Kloß in sich zurück, der ihm in der Kehle steckte. Er fürchtete jede überflüssige Bewegung.

Bald riefen die Frauen Sejdakmat auf den Hof. Da erschien er auch schon in der Tür mit einem Berg dampfenden Fleisches auf einer riesigen Emailleplatte. Er trug sie mit Mühe und stellte sie vor Oroskul und Köketai hin. Danach brachten die Frauen verschiedene andere Gerichte.

Alle ließen sich nieder und ergriffen Messer und Teller. Inzwischen goß Sejdakmat Wodka ein.

»Über den Wodka befehlige ich!« feixte er und nickte zu den Flaschen in der Ecke.

Zuletzt kam Großvater Momun. Der alte Mann wirkte heute auffallend seltsam, noch viel kläglicher als sonst. Er wollte sich an den Rand setzen, doch der baumstarke, dunkelhäutige Köketai bot ihm großmütig den Platz neben sich an.

»Kommen Sie zu mir, Aksakal.«

»Danke. Ich bleibe hier, bin doch hier zu Hause«, versuchte Großvater Momun das Angebot auszuschlagen.

»Sie sind aber der Älteste.« Köketai ließ nicht locker und plazierte ihn zwischen sich und Sejdakmat.

»Trinken wir auf Ihren Erfolg, Aksakal. Sie haben als erster das Wort.« Großvater Momun räusperte sich verlegen.

»Auf den Frieden in diesem Haus«, sagte er gequält. »Wo Frieden ist, meine Kinder, da ist auch Glück.«

»Ganz recht, ganz recht!« pflichteten alle bei und leerten die Gläser.

»Und Sie? Nein, so geht das nicht. Sie wünschen Schwiegersohn und Tochter Glück, trinken aber selber nicht«, warf Köketai dem verunsicherten Großvater Momun vor.

»Na ja, aufs Glück kann ich ja trinken«, sagte der Alte rasch.

Zu aller Verwunderung kippte er ein fast volles Glas Wodka hinunter und schüttelte dann wie benommen den alten Kopf.

»Bravo!«

»Unser Alter ist der Beste!«

»Ein Prachtkerl, euer Alter!«

Alle lachten, alle waren zufrieden, alle lobten den Großvater.

Im Haus war es heiß und stickig geworden. Der Junge quälte sich, ihm wurde übel. Er lag mit geschlossenen Augen da und hörte, wie die Betrunkenen schmatzten, nagten und schnauften, während sie das Fleisch der Gehörnten Hirschmutter verschlangen, hörte, wie sie sich gegenseitig die besten Stücke anboten, wie sie mit fettigen Gläsern anstießen, wie sie die abgenagten Knochen in eine Schüssel warfen.

»Das ist ja kein gewöhnliches Fleisch, das schmeckt wie zartes Fohlen!« lobte Köketai schmatzend.

»Wir sind doch nicht dumm, warum sollten wir in den Bergen leben und solches Fleisch nicht essen!« sagte Oroskul.

»Richtig, warum leben wir sonst hier«, stimmte Sejdakmat zu.

Alle lobten sie das Fleisch der Gehörnten Hirschmutter: die Großmutter, Tante Bekej und Güldshamal, ja sogar Großvater Momun. Auch dem Jungen brachten sie auf einem Teller Fleisch und andere Gerichte. Er aber lehnte ab; und da die Betrunkenen sahen, daß er krank war, ließen sie ihn in Frieden.

Der Junge lag mit zusammengepreßten Zähnen da. Er dachte, so könne er am besten den Brechreiz unterdrücken. Mehr noch quälte ihn das Wissen um seine Hilflosigkeit, daß er nicht in der Lage war, etwas gegen diese Menschen zu unternehmen, die die Gehörnte Hirschmutter getötet hatten. In seinem kindlichen, gerechten Zorn, in seiner Verzweiflung dachte er sich verschiedene Arten der Rache aus – wie er sie bestrafen, sie dazu bewegen könne, zu begreifen, was für eine schreckliche Untat sie begangen hatten. Aber ihm fiel nichts Besseres ein, als in Gedanken Kulubek um Hilfe zu rufen, den Burschen im Soldatenkittel, der mit den jungen Fahrern in der stürmischen Nacht hatte Heu holen wollen. Von allen, die der Junge kannte, war er der einzige, der mit Oroskul hätte fertig werden, ihm die Wahrheit hätte ins Gesicht sagen können.

...Auf den Ruf des Jungen hin rast Kulubek auf einem Laster herbei, springt aus dem Fahrerhaus, eine Maschinenpistole im Anschlag.

»Wo sind sie?«
»Dort!«

Zusammen laufen sie zu Oroskuls Haus und reißen die Tür auf.

»Niemand rührt sich vom Fleck! Hände hoch!« ruft Kulubek drohend von der Schwelle und richtet die MPi auf die Dasitzenden.

Alle sind verblüfft. Sie erstarren vor Angst, jeder an seinem Platz. Die Bissen bleiben ihnen im Hals stecken. Fleischknochen in den fettigen Händen, mit fettbeschmierten Wangen und fettbeschmierten Mündern, vollgefressen und betrunken, können sie sich nicht rühren.

»Los, aufstehn, du Schuft!« Kulubek setzt die MPi Oroskul an die Schläfe. Der zittert am ganzen Leib, fällt Kulubek zu Füßen und stottert: »Er-b-barmen! T-töte mich n-nicht!«

Kulubek bleibt unerbittlich.

»Raus, du Schuft! Du bist erledigt!« Mit einem kräftigen Fußtritt in den fetten Hintern zwingt er Oroskul, aufzustehen und das Haus zu verlassen.

Auch alle anderen Anwesenden gehen erschrocken und stumm auf den Hof.

»An die Wand!« befiehlt Kulubek Oroskul. »Du hast die Gehörnte Hirschmutter getötet, hast ihr das Geweih abgehackt, auf dem sie die Wiege bringen sollte – du verdienst den Tod!«

Oroskul fällt zu Boden. Er kriecht im Staub, heult und winselt. »Töte mich nicht, ich habe doch nicht mal Kinder.

Bin allein auf der Welt. Habe weder Sohn noch Tochter...« Wo ist nur seine Hochnäsigkeit geblieben, seine Überheblichkeit! Das ist ein erbärmlicher, infamer Feigling, den man nicht mal töten möchte.

»Na schön, töten werden wir ihn nicht«, sagt der Junge zu Kulubek. »Aber der Kerl soll hier verschwinden und sich nie wieder blicken lassen. Er wird hier nicht gebraucht. Er soll verschwinden.«

Oroskul steht auf, zieht sich die Hosen hoch und will davonschleichen, ohne sich umzublicken – fett, dickbäuchig, mit hängendem Hosenboden. Aber Kulubek hält ihn zurück.

»Halt! Noch ein letztes Wort. Du wirst nie Kinder haben. Du bist böse und nichtswürdig. Niemand liebt dich hier. Dich liebt weder der Wald noch auch nur ein einziger Baum, ja nicht mal ein Grashalm. Du bist ein Faschist. Verschwinde, ein für allemal. Aber fix!«

Oroskul rennt los, ohne sich umzublicken.

»Schnell, schnell!« Kulubek lacht schallend und schießt mit der MPi in die Luft, um ihm Angst einzujagen.

Der Junge freut sich und triumphiert. Als aber Oroskul nicht mehr zu sehen ist, sagt Kulubek zu allen anderen, die betreten an der Tür stehen: »Wie konntet ihr nur mit so einem zusammenleben? Schämt ihr euch nicht?«

Der Junge war erleichtert. Das war ein gerechtes Gericht. Er glaubte so fest an seinen Wunschtraum, daß er vergaß, wo er sich befand und aus welchem Anlaß das Trinkgelage in Oroskuls Haus stattfand.

Eine Lachsalve holte ihn aus seiner Glückseligkeit. Er schlug die Augen auf und horchte. Großvater Momun war nicht im Zimmer. Sicherlich war er irgendwohin gegangen. Die Frauen räumten das Geschirr ab. Sie bereiteten alles für den Tee vor. Sejdakmat erzählte mit lauter Stimme. Die Anwesenden lachten über seine Worte.

»Und weiter?«
»Erzähl!«
»Nein, hör mal, erzähl doch, erzähl's noch einmal«, bat

Oroskul und wollte sich totlachen, »wie hast du ihn rumgekriegt? Womit hast du ihm einen Schreck eingejagt? Oh, ich kann nicht mehr!«

»Also dann«, Sejdakmat war nur zu gern bereit, das bereits Gesagte noch einmal zu wiederholen, »wir reiten an die Marale heran, sie stehen zwischen Sträuchern am Waldrand, alle drei. Gerade haben wir die Pferde an Bäume gebunden, da packt mich mein Alter am Arm. ›Wir können doch nicht auf Marale schießen‹, sagt er. ›Wir sind selber Bugu, Kinder der Gehörnten Hirschmutter.‹ Dabei sieht er mich an wie ein Kind. Mit flehenden Augen. Ich könnte mich kaputtlachen. Doch ich verkneif mir das Lachen. Sage todernst: ›Du willst doch nicht ins Gefängnis?‹ – ›Nein‹, sagt er. – ›Weißt du denn nicht, daß das Märchen sind, die man sich in den finsteren Zeiten der Beis ausgedacht hat, um dem armen Volk einen Schreck einzujagen.‹ – Da reißt er den Mund auf. ›Was du nicht sagst!‹ – ›So ist's‹, sage ich. ›Hör auf mit deinem Geschwätz, sonst melde ich das der entsprechenden Stelle, trotz deines Alters.‹«

»Hahaha!« Die Sitzenden lachten einträchtig.

Am lautesten lachte Oroskul. Er lachte aus vollem Herzen.

»Na ja, und dann schleichen wir uns ran. Ein anderes Tier wäre mit einem großen Satz auf und davon gewesen, die schwachsinnigen Marale aber laufen nicht weg, scheinen gar keine Angst vor uns zu haben. Um so besser, denk ich mir«, prahlte der betrunkene Sejdakmat. »Ich lauf mit dem Gewehr vorweg. Hinter mir her der Alte. Da kommen mir Zweifel. Ich hab in meinem Leben noch nicht mal einen Spatzen geschossen. Und nun so was. Treff ich nicht, stürmen sie durch den Wald, und wer soll sie dann suchen? Wer sie einholen? Dann verschwinden sie übern Paß. Sollten wir so ein Wildbret entkommen lassen? Unser Alter aber ist ein Jäger, hat es seinerzeit sogar mit Bären aufgenommen. Ich sag also zu ihm: ›Da, nimm das Gewehr, Alter, und schieß.‹ Er läßt mich abblitzen. ›Schieß du nur‹, sagt er. Ich darauf: ›Ich bin doch betrunken.‹ Und ich torkle, als hielte ich mich nicht mehr auf den Beinen. Er hat doch gesehn, daß wir zusammen eine Flasche leerten, als wir den Stamm aus dem Fluß gezogen hatten. Da hab ich ihm eben was vorgemacht.«

»Hahaha!«

»›Ich treffe nicht‹, sage ich, ›dann entwischen uns die Marale, und ein zweites Mal kriegen wir sie nicht zu sehn. Mit leeren Händen dürfen wir nicht zurückkommen. Das weißt du selber. Sonst kriegen wir was ab! Warum haben sie uns hierhergeschickt?‹ Er schweigt. Das Gewehr nimmt er nicht. ›Wie du meinst‹, sage ich. Dann werfe ich das Gewehr hin und tu so, als ginge ich weg. Er hinterdrein. ›Mir kann's ja egal sein, wenn Oroskul mich wegjagt, ich arbeite dann im Sowchos. Aber wohin gehst du in deinem Alter?‹ Er schweigt. Da summe ich ganz leise vor mich hin, um es anschaulicher zu machen:

> *Von den roten, roten Bergen*
> *komm ich geritten auf einem roten Hengst.*
> *He, roter Kaufmann, mach auf die Tür!‹«*

»Hahaha!«

»Da hat er es geglaubt, daß ich betrunken bin. Er holt das Gewehr. Auch ich mach kehrt. Während unseres Wortwechsels sind die Marale ein Stück weitergegangen. ›Paß auf‹, sage ich, ›die ziehn ab, die holst du nicht mehr ein. Schieß, solange sie noch ruhig sind!‹ Der Alte nimmt das Gewehr. Wir schleichen uns ran. Er aber flüstert dauernd wie ein Schwachkopf: ›Verzeih mir, Gehörnte Hirschmutter, verzeih...‹ Ich stauche ihn zusammen. ›Sieh dich vor‹, sage ich, ›schießt du daneben, dann kannst du gleich mit den Maralen abhauen, dann komm lieber gar nicht erst nach Hause.‹«

»Hahaha!«

Von den Ausdünstungen der Betrunkenen und dem Gewieher wurde dem Jungen immer heißer, die Luft wurde ihm knapp, und der immer stärker anschwellende Schmerz drohte seinen Kopf zu sprengen. Er hatte das Gefühl, als trete jemand seinen Kopf mit Füßen, als schlage jemand mit der Axt auf ihn ein. Als ziele jemand mit der Axt auf seine Augen, er aber schüttle den Kopf und versuche auszuweichen. Vom Fieber erschöpft, glaubte er plötzlich in einem eiskalten Fluß zu sein. Er hatte sich in einen Fisch verwandelt. Schwanz, Rumpf und Flossen – alles war wie bei einem Fisch, nur der Kopf war noch der seine geblieben und schmerzte obendrein. Er schwamm in der lauen, dunklen Unterwasserkühle und dachte, nun würde er für immer ein Fisch bleiben und nie mehr in die Berge zurückkehren. Ich geh nicht zurück, sagte er sich. Lieber bleibe ich ein Fisch, lieber will ich ein Fisch sein.

Niemand bemerkte, wie der Junge aus seinem Bett stieg und das Haus verließ. Kaum war er um eine Ecke gebogen, da mußte er sich übergeben. Er hielt sich an der Wand fest, stöhnte, weinte und murmelte keuchend und schluchzend unter Tränen: »Nein, lieber will ich ein Fisch sein. Ich schwimme weg von hier. Lieber will ich ein Fisch sein.«

In Oroskuls Haus aber kreischten und wieherten hinter den Fenstern trunkene Stimmen. Das wilde Gelächter machte den Jungen benommen, verursachte ihm unerträgliche Schmerzen und Qualen. Er glaubte, ihm sei von dem ungeheuerlichen Lachen übel. Als er sich ein wenig erholt hatte, ging er über den Hof. Der Hof war leer. Am erloschenen Herdfeuer traf er den stockbetrunkenen Großvater Momun. Der alte Mann lag im Staub neben dem abgeschlagenen Geweih der Gehörnten Hirschmutter. Ein Hund nagte an den Resten vom Maralkopf. Sonst war da niemand.

Der Junge beugte sich über den Großvater und rüttelte ihn an der Schulter.

»Komm nach Hause, Ata, komm«, sagte er.

Der alte Mann antwortete nicht, er hörte nichts, vermochte den Kopf nicht zu heben. Was hätte er auch sagen können, was entgegnen?

»Steh doch auf, Ata, wir wollen nach Hause gehn«, bat der Junge.

Wer weiß schon, ob er mit seinem kindlichen Verstand begriff oder ob es ihm gar nicht in den Sinn kam, daß der alte Momun für sein Märchen von der Gehörnten Hirschmutter büßen mußte, daß er nicht aus freiem Willen gegen das verstoßen hatte, was er den Jungen sein Leben lang gelehrt hatte – das Andenken der Vorfahren, das Gewissen und ihre Vermächtnisse in Ehren zu halten, daß er sich nur um seiner unglücklichen Tochter und um seines Enkels willen auf alles eingelassen hatte...

Und nun lag der alte Mann, von Kummer und Schande niedergeworfen, mit dem Gesicht nach unten wie ein Toter da und reagierte nicht auf die Stimme des Jungen.

Der Junge hockte sich neben den Großvater hin und versuchte ihn wachzurütteln.

»Heb doch den Kopf, Ata«, flehte er. Der Junge war blaß, seine Bewegungen waren matt, Hände und Lippen zitterten. »Ata, ich bin's. Hörst du?« sagte er. »Mir ist sehr schlecht.« Er weinte. »Mein Kopf tut weh, sehr.«

Der alte Mann stöhnte, er regte sich, kam aber nicht zu sich.

»Wird Kulubek kommen, Ata?« fragte der Junge plötzlich unter Tränen. »Sag doch, kommt Kulubek?« drängte er ihn.

Er zwang den Großvater, sich auf die Seite zu drehen, und fuhr zusammen, als sich ihm das Gesicht eines betrunkenen Greises zuwandte, schmutzig und staubig, mit jämmerlich herabhängendem, schütterem Bart. In diesem Moment erblickte der Junge den Kopf der weißen Maralkuh, den Oroskul vor kurzem abgeschlagen hatte. Schaudernd prallte er zurück, trat vom Großvater weg und sagte: »Ich werde ein Fisch. Hörst du, Ata, ich schwimme davon. Wenn Kulubek kommt, sag ihm, ich bin ein Fisch geworden.«

Der alte Mann gab keine Antwort.

Der Junge ging weiter. Hinab zum Fluß. Geradewegs ins Wasser.

Noch wußte niemand, daß der Junge als Fisch im Fluß schwamm. Auf dem Hof erklangen trunkene Stimmen:

> *Von den buckligen, buckligen Bergen*
> *komm ich geritten auf einem buckligen Kamel.*
> *He, buckliger Kaufmann, mach auf die Tür,*
> *trinken wir bitteren Wein!«*

Du bist davongeschwommen. Hast nicht mehr gewartet, bis Kulubek kam. Schade, daß du nicht auf Kulubek gewartet hast. Wärst du noch eine Weile die Straße langgelaufen, dann hättest du ihn bestimmt getroffen. Du hättest sein Auto schon von weitem erkannt. Und du hättest nur die Hand heben müssen, dann hätte er sofort gehalten.

»Wohin willst du?« hätte Kulubek gefragt.

»Zu dir!« hättest du geantwortet.

Dann hätte er dich mit ins Fahrerhaus genommen, und ihr wärt zusammen losgefahren. Du und Kulubek. Vor euch auf der Straße aber wäre, für alle andern unsichtbar, die Gehörnte Hirschmutter gesprungen. Du hättest sie gesehen.

Doch du bist davongeschwommen. Hast du nicht gewußt, daß du dich nie in einen Fisch verwandeln würdest! Daß du nie bis zum Issyk-Kul schwimmen, nie den weißen Dampfer sehen und zu ihm sagen würdest: »Sei gegrüßt, weißer Dampfer, ich bin's!«?

Nur eines vermag ich jetzt zu sagen: Du hast zurückgewiesen, womit dein Kinderherz sich nicht abfinden konnte. Und das ist mein Trost. Du hast gelebt wie ein Blitz, der einmal aufgeflammt und dann erloschen ist. Blitze aber kommen vom Himmel. Und der Himmel ist ewig. Auch das ist mein Trost. Mein Trost ist auch, daß das kindliche Gewissen im Menschen dem Keim im Korn gleicht; ohne Keim kann aus dem Korn nichts wachsen. Und was immer uns auf Erden erwartet, Wahrhaftigkeit wird es immer geben, solange Menschen geboren werden und sterben...

Während ich von dir Abschied nehme, mein Junge, wiederhole ich deine Worte: »Sei gegrüßt, weißer Dampfer, ich bin's!«

Tschingis Aitmatow

Der Weisse Dampfer im Meer der Leser

Nachwort

...natürlich sehe ich dabei die sich ständig erneuernden Lesergenerationen vor mir, die sich unaufhörlich bewegen. Sogar im Lebenslauf eines einzelnen Buches wogt dieses Meer - mal heran, mal fort von einem, oder es verschwindet überhaupt jenseits des Horizonts und legt die tote Leere einer überlebten literarischen Landschaft bloß.

Nach meiner Ansicht ist hier das Leserschicksal des »Weißen Dampfers« sehr bezeichnend.

Bei seiner Fahrt stieß der »Weiße Dampfer« auf Felsenriffe, und er näherte sich grünen Inseln mit wißbegierigen Bewohnern, die zur Küste kamen, um seine Ankunft zu begrüßen...

Ich schildere diese Bilder vom Meer, weil ich davon erzählen möchte, was mit dem Erscheinen der Novelle in den Jahren einherging, als das totalitäre System noch allmächtig war und das Bewußtsein vieler Leser mitunter auf ganz und gar aufrichtige Weise dem entsprach, was das System durchgesetzt hatte...

Seit der Zeit, als dank des geschickten Alexander Twardowski »Der weiße Dampfer« mit der Unterzeile »Nach einem Märchen« erschienen ist, sind viele Jahre vergangen. Es muß hier gesagt werden, daß die Leserreaktionen schon von den ersten Tagen an sehr aktiv und positiv waren. Würde das Werk jetzt, in den Tagen der Post-Perestroika, erscheinen, könnte es kaum dieses Echo und so viele Briefe hervorrufen. Die Leserinnen und Leser von heute sind von anderen Leidenschaften erfaßt.

Meines Erachtens haben die Menschen in ihrer totalitären Einkerkerung versucht, in der Literatur vor allem die ihr innewohnenden Gedanken und Gefühle zu entdecken. Aber es gab auch andere, entgegengesetzte Betrachtungsweisen. Vom Standpunkt des Sozialistischen Realismus ist der Schluß die verletzlichste Stelle im »Weißen Dampfer«. Der Junge, dem zuliebe die Geschichte geschrieben ist, bricht mit seiner Familie, er schwimmt im Fluß fort, weil er hofft, zum Großen See zu gelangen, wo sein Vater, der ihn verlassen hat, auf dem »Weißen Dampfer« fährt. Dieses tragische Ende war auch der Anlaß für die scharfe, entlarvende Kritik gegen die, wie es damals hieß, Verleumdungen der sowjetischen Wirklichkeit.

In der ›Literaturnaja Gaseta‹ erschienen seinerzeit Artikel und Leserbriefe in eben diesem Sinn. Ein Literat behauptete gar, daß die Novelle von Grund auf pessimistisch sei, losgelöst vom Leben des Volkes, das die lichte sozialistische Gesellschaft erschaffe. Kurzum, der verzweifelte Schritt des Jungen wurde fast als antisowjetische Herausforderung angesehen.

Am deutlichsten äußerte sich ein Leser in einem offenen Brief. Der Verfasser habe die Geschichte mit dem Jungen vorsätzlich entstellt. Statt seiner Abneigung gegen das Leben, die der Schriftsteller durch das Fortschwimmen dieses Jungen demonstriert habe, hätte er diesen Jungen sehr wohl einem der fabelhaften sowjetischen Kinderheime anvertrauen können, wo der Junge im Geist eines Erbauers des Sozialismus erzogen worden wäre. In diesem Brief wurde allen Ernstes in gebieterischem Ton vorgeschlagen, die Novelle umzuschreiben und den Schluß des Werkes mit den Prinzipien des Sozialistischen Realismus in Einklang zu bringen.

Doch es gab auch erfreute, großartige, um nicht zu sagen unwahrscheinliche Reaktionen, die mit dem Jungen aus dem »Weißen Dampfer« verknüpft sind.

Jahraus, jahrein wurde die Novelle in verschiedenen Sprachen veröffentlicht und fand somit immer neue Leser. Am erfreulichsten waren die Beispiele, bei denen sich Leser die Novelle dermaßen zu Herzen nahmen, daß sie sich mit der Gestalt des Jungen geradezu identifizierten. Und ich werde die Tage in Peking zur Zeit der Ereignisse am Tien-an-men-Platz nie vergessen - ich befand mich zum ersten Mal in China, und zwar mit der Delegation, die Michail S. Gorbatschow bei seinem Staatsbesuch begleitete.

Wir wurden nicht in einem Hotel, sondern in der Residenz der Regierung untergebracht. Sie lag in einem hermetisch abgeriegelten, streng bewachten Park.

Nach dem langen Flug war ich müde und kam mir von allen Menschen, sogar von meinen Begleitern, wie isoliert, erdrückt und entleert vor. Ziellos schlenderte ich durch die Zimmerfluchten der Villa und wollte mich schon schlafen legen, als plötzlich eines der Telefone klingelte. Ich war sehr verwundert, kannte ich doch in Peking keine Menschenseele. Noch mehr war ich erstaunt, als mich jemand durch den Hörer in kirgisischer Sprache begrüßte. Die Stimme klang jung und erfreut, sprach mich mit Ata Aksakal an, das heißt Vater. Und ich fragte zurück: »Und wer bist du, mein Sohn?« »Ich?« Die Stimme zögerte. »Erkennen Sie mich nicht? Ich bin der Junge aus dem Weißen Dampfer, der im Fluß davongeschwommen ist.«

Selbstverständlich durchschaute ich sein Spiel, aber ich machte mit. »Und was war dann? Wie bist du hier aufgetaucht?«

»Später? Ja, ich bin dann aus dem einen Fluß in den nächsten weitergeschwommen, immer weiter, bis nach China. Dann bin ich groß geworden und in die Pekinger Universität eingetreten.«

»Ach, so ist das! Danke Gott! Du bist also gesund und munter und schon ein Student?«

»Natürlich bin ich schon ein Student, deshalb rufe ich Sie an, auch im Namen der kirgisischen Kommilitonen in Peking. Wir möchten Sie gern treffen, Ata! Wir haben übers Radio erfahren, daß Sie hier sind, und meine Freunde haben mich gebeten, Sie anzurufen, ich bin doch Ihr Sohn aus dem Weißen Dampfer.«

Zutiefst gerührt und verwundert willigte ich sofort ein.

Wir verabredeten Ort und Zeit der Begegnung. Schon am nächsten Morgen stieg ich bei dem vereinbarten großen Hotel im Zentrum der Stadt aus dem Wagen. Die zahlreichen Fußgänger, die am Hotel vorüberströmten, beunruhigten mich ein wenig. Wie sollte ich in der Menge meine Landsleute, Studenten aus der kirgisischen Provinz, entdecken? Aber da erblickte ich eine Gruppe Jugendlicher mit weißen kirgisischen Mützen, das mußten sie sein, die Studenten kamen mir bereits entgegen. Wir begrüßten uns, stellten uns vor, und ich dachte unentwegt, wer von ihnen der Junge aus dem Weißen Dampfer sein mochte. Und ich habe ihn unter den dreißig Jungen und Mädchen erkannt. Sie waren gleichen Alters, lebhafte, fröhliche Menschen mit leuchtenden Augen. Ließen Fotoapparate klicken und machten Aufnahmen mit einer Filmkamera. Aber der eine unter ihnen zeigte sich besonders begeistert, und ich wandte mich an ihn: »Du bist also erst den Fluß entlang und dann durch den Issyk-Kul nach China geschwommen?«

»Ja«, sagte er und lachte. »Und gestern habe ich Sie angerufen. Entschuldigen Sie, Ata!«

Wir kamen ins Gespräch, und ich fragte weiter. »Aber was hat dich veranlaßt, mir zu sagen, du seist der Junge aus dem Weißen Dampfer?«

»Ich wollte nicht, daß der Junge umkommt«, erwiderte er. »Er durfte nicht sterben, und deshalb habe ich beschlossen, sein Schicksal auf mich zu nehmen.«

»Vielleicht hast du auf deine Art sogar recht«, pflichtete ich ihm bei. »Aber in der Novelle wollte ich die Tragödie des Jungen zeigen. Wahrscheinlich mußte er zugrundegehen, zum Zeichen des Protests. Er hatte doch kein anderes Mittel, das Böse zu besiegen. Seine Seele war viel zu rein.«

»Ich verstehe«, antwortete mein kirgisischer Student. »Und ich hatte kein anderes Mittel, dem Jungen zu helfen, als mich für ihn auszugeben, ich wollte nicht, daß er ertrinkt.«

In Ihrer Belesenheit glauben bewanderte Kritiker zu wissen, wie ein Schriftsteller das Leben zu sehen hat, einfache

Leute aber wünschen sich schlicht die ersehnte Wahrheit. Die Tragödie fordert Anteilnahme, darin liegt ihre Kraft. Die Menschen von heute leben im Genre der Tragödie, die ganze Menschheit erfährt sie, und dem ist nicht zu entrinnen. Da hilft auch nicht, sich in der Literatur hinter einem Happy-End zu verstecken. Das Tragische zu bestehen heißt, das Feuer auf dich ziehen und erdulden, was die ehrlichsten, innerlich edelsten und reinsten Figuren durchmachen. Bekanntlich ist die Tragödie die höchste Kunstform. Ich glaube, die zeitgenössische Literatur entwickelt sich unter ihrem Zeichen.

(Mai 1992)

Tschingis Aitmatow im Unionsverlag

Tschingis Aitmatow – Daisaku Ikeda
Begegnung am Fudschijama
Ein »Aksakal aus Kirgisien« und ein »Sensei aus Nippon« wenden sich in diesem Dialog an alle Menschen, die der Feindschaft, der Leiden und des Blutvergießens müde sind. 400 Seiten, gebunden

---

Tschingis Aitmatow
Abschied von Gülsary
Der Hirte Tanabai und sein Prachtpferd Gülsary haben ein Leben lang alles geteilt: Arbeit und Feste, Siege und Niederlagen, Sehnsucht und Enttäuschung. 216 Seiten, UT 16

Tschingis Aitmatow
Dshamilja
»Ich schwöre es: Die schönste Liebesgeschichte der Welt.« (Louis Aragon). 96 Seiten, gebunden oder als UT 1

Tschingis Aitmatow
Du meine Pappel im roten Kopftuch
Iljas, der Lastwagenfahrer, will das verschneite Pamirgebirge bezwingen. Dabei verspielt er die Liebe seines Lebens und scheitert an seiner Unfähigkeit, auf andere zuzugehen.
160 Seiten, gebunden oder als UT 6

Tschingis Aitmatow
Der Richtplatz
Awdji Kallistratow, der ausgestoßene Priesterzögling, geht auf die Suche nach den Wurzeln der Kriminalität – eine Reise, die ihm zum Kreuzweg wird. 464 Seiten, UT 13

Aug in Auge
Aitmatows Erstling. Auf solche Weise war von Armut und Kriegsnot im Hinterland noch nicht geschrieben worden. 112 Seiten, gebunden

---

Bestellen Sie unseren kostenlosen Verlagsprospekt:
Unionsverlag, Rieterstraße 18, CH-8059 Zürich